Dirección editorial:
Departamento de Literatura
Infantil y Juvenil

Dirección de arte:
Departamento de Imagen y Diseño GELV

Diseño de la colección:
Manuel Estrada

El 0,7% de la venta de este libro se destina al proyecto «Mejora del acceso a la Educación Secundaria de calidad en Ashalaja» que cofinancia la ONGD SED (Solidaridad, Educación, Desarrollo) como apoyo a procesos de desarrollo local en Ghana.

© Del texto: Ricardo Gómez
© De las ilustraciones: María Lires
© De esta edición: Editorial Luis Vives, 2010
  Carretera de Madrid, km. 315,700
  50012 Zaragoza
  Teléfono: 913 344 883
  www.edelvives.es

Editado por Juan Nieto Marín

ISBN: 978-84-263-7681-7
Depósito legal: Z-2498-10

 Talleres Gráficos Edelvives (50012 Zaragoza)
Certificados ISO 9001
Printed in Spain

FICHA PARA BIBLIOTECAS

EDELVIVES

A L A   D E L T A

El hermano secreto
de Caperucita Erre

Ricardo Gómez

Ilustraciones
María Lires

1

UN CHICO ENFADADO

La casa en que comienza esta historia estaba medio envuelta en las sombras de árboles cercanos. Eran las ocho de la tarde en el bosque.

La mujer que faenaba en la cocina de esa casa dio una voz para llamar a su hijo:

—¡Áleeeeex…!

La madre tuvo que gritar un par de veces antes de que su hijo diese señales de vida.

El chico se asomó con desgana y preguntó desde la escalera:

—¿Qué, mamá…?

—Hijo, va a anochecer y tu hermana aún no ha vuelto. Coge la bici y ve a avisarla porque tu padre está a punto de venir y estoy acabando de preparar la cena.

—Pero, ahora, ¿dónde está?

—En casa de la abuela. Como sigue mal de la tripa, pedí a Erre que le llevara una cesta con yogures, queso y miel. Seguro que se han entretenido hablando y no se han dado cuenta de la hora que es.

—¡Pero mamá…! Siempre me toca estar pendiente de ella. Ayer, igual… Tuve que ir a buscarla porque estaba pescando renacuajos en el río.

—Ya sé, hijo, pero no tardas nada. Mira, ya que vas, lleva esta revista a la abuela. Y no te olvides de preguntarle cómo está.

El chico tomó la revista y se la metió por la cintura del pantalón protegiendo su tripa, pues hacía algo de frío y sabía que el papel le resguardaría del aire fresco.

Salió de casa bufando, agarró la bici que estaba apoyada en un árbol, subió a ella y comenzó a pedalear en dirección a casa de la abuela.

¡Estaba harto de su hermana!

Tras cruzar el puente tomó por un sendero que transcurría entre pinos y carrascos. Oyó un silbido:

—¡Fii-ui-uíii…!

El chico apretó a fondo los frenos de la bici, que derrapó en el camino de tierra. Miró a su alrededor esperando encontrar a algún amigo, pero vio a Lobo descansando sobre un suelo cubierto de helechos.

No quería entretenerse, así que puso de nuevo el pie en el pedal, al tiempo de oír cómo Lobo le preguntaba:

—¿Dónde vas, Alejandrito?

—Lo siento, pero tengo prisa. Ya hablaremos otro día.

—Siempre con prisa… Los chicos de hoy no tenéis un rato para mantener una tranquila conversación.

—No, no tengo tiempo. Otra vez será.

Lobo murmuró «¡Vaya…!» mientras veía cómo el muchacho se perdía por el sendero, dejando atrás una nube de polvo. Le habría gustado jugar con él, corriendo tras la bici, pero se sintió a gusto descansando en esa cama verde y mullida, aprovechando los últimos rayos del sol.

Se adormiló después de eructar un par de veces. A mediodía había comido demasiado y tenía una digestión algo pesada.

A medida que se acercaba a la casa de la abuela, Alejandro se sintió más enfadado. ¡Con todo lo que tenía que hacer, perdía el tiempo ocupándose de buscar a esa hermana distraída y cabezota...!

Pedaleó con furia, imaginando algún escarmiento que hiciera espabilar a esa mema de una vez por todas. ¡Un día de estos, le iba a dar una lección de lo más merecida!

El chico hizo sonar varias veces el timbre de la bici al entrar en el claro del bosque en que se alzaba la casa. Las gallinas que correteaban por allí agitaron torpes sus alas dando cortos vuelos de gallina y siguieron paseando algo más lejos, orgullosas y altivas. Álex dejó su bici apoyada en el tronco de un fresno y se dirigió rápido hacia la entrada.

Sintió un silencio inusual. Se dio cuenta de que ni el viejo Argos había salido a recibirle ni la bici de su hermana estaba donde solía dejarla, junto al poste que sostenía el buzón de correos.

¿Sería posible que la chica estuviese volviendo a casa por el camino del molino? Si fuera así, habría hecho el viaje en vano.

Fue hacia el porche, subió las escaleras y anunció su llegada:

—¡Abuela…!

La puerta estaba abierta, así que Álex supuso que la anciana andaría dentro, quizá acostada. Pasó al salón y dejó la revista sobre una mesita. Echó un rápido vistazo a la cocina, se asomó a la habitación y golpeó con los nudillos la puerta del baño. Nadie respondió.

—¡Vaya! ¿Dónde se habrá metido? —murmuró el chico.

La abuela llevaba dos días mal de la tripa, así que se suponía que la pobre mujer debía de estar en la cama o, por lo menos, en el sofá.

Pero la abuela no estaba en el sofá ni en la cama. Ni en la cocina, ni en el baño, ni en la habitación de los trastos, como Álex pudo comprobar. Salió de nuevo al porche y gritó bien fuerte:

—¡Abuelaaaaaaa…!

Silencio. Nada. Ni rastro de la abuela ni de su hermana.

Álex caminó hacia la trasera de la casa, donde estaba el huerto, y abrió la portezuela del corral. Una cabra le recibió con un balido de buenas tardes y tres cabritillas se dirigieron hacia él. Le habría gustado preguntar a estos animales, pero mamá cabra llamó a sus hijas y las cuatro fueron hacia el interior.

Mientras cerraba la puerta con el pestillo de alambre, oyó un lejano «¡Paac!». Y luego otro. Y otro...

Eran, claramente, disparos de escopeta.

2

Una gallina aterrorizada

¡Disparos! Álex sabía que a esas horas los cazadores no solían andar disparando. Los sonidos venían de la montaña, cargados de ecos, pero no pudo precisar más. Ni muy cerca ni demasiado lejos.

Comenzó a ponerse nervioso y caminó de nuevo hacia la casa. Hasta las gallinas parecían extrañamente silenciosas y huidizas.

Aunque había poca luz y los árboles proyectaban sombras largas y oscuras, el chico vio en el suelo del porche unas manchas, pequeñas gotas que iban desde la entrada hacia la habitación de la abuela.

Se agachó y tocó una con el dedo. Se dijo sorprendido:

—¡Cáspita! Parece sangre…

—Decididamente —concluyó Álex mirando su dedo manchado y acercándoselo a la nariz—, esto es sangre.

Caminó con el corazón agitado hasta la habitación de la abuela, siguiendo el recorrido de las gotas. No eran dos, ni diez, ni veinte. Era un auténtico reguero, al menos mil, que al final se concentraban en un charquito a la cabecera de la cama, junto al armario ropero cuya puerta estaba abierta. Y, además, ¡la sangre manchaba las sábanas, cerca de la almohada, al lado de donde solía dormir la abuela!

Cualquiera, incluso con poca imaginación, puede estremecerse ante la idea de unas sábanas enrojecidas y un reguero de sangre en una casa apartada en el bosque, con una abuela y una hermana desaparecidas. Y eso le pasó a Álex, que tenía mucha imaginación: se estremeció.

Sang!

Dio marcha atrás, salió del cuarto de la abuela, atravesó el salón y al pasar por la cocina vio junto a la ventana una cesta tapada con un paño. Supuso que contenía los yogures, la miel y el queso que su madre había enviado a la abuela y que le había llevado su hermana…

Eso significaba que Erre había estado allí, lo que no era nada tranquilizador, puesto que ahora no estaba.

Su imaginación se desbordó: ¿Sería sangre de la abuela? ¿Por qué había desaparecido su hermana? ¿Habrían envenenado a Argos? ¿El asaltante se habría llevado la bici de Erre después de cometer su crimen? ¿Estaría el asesino aún por los alrededores…?

No se le ocurría otra cosa que huir, aunque pareciese una cobardía; debía salir corriendo de allí, avisar a la policía, a los forenses… Pero antes de tomar su bicicleta, gritó:

—¡¿Alguien me puede explicar lo que ha sucedido aquí?!

Las gallinas, que se mantenían a distancia, agrupadas como si en grupo fueran más capaces de defenderse de algún peligro, se giraron y se le quedaron mirando unos instantes. Una de ellas, que tenía un ala de color negro que contrastaba con su plumaje blanco, dio un par de pasos hacia el chico y cacareó:

—Ptac, ptac… Ha sido una desgracia… Ptac, ¡una terrible desgracia!

Y, dando media vuelta, volvió hacia donde estaban sus congéneres, que corrieron asustadas hacia la trasera de la casa para subirse a los palos de su gallinero, como si allí pudieran estar a salvo de las amenazas que acechan a los animales en el bosque.

El chico fue al corral. Las gallinas se hacían las dormidas en los palos, con la cabeza bajo el ala. La cabra, en pie, temblaba mientras protegía a sus tres cabritillas. Preguntó enfadado:

—¿Queréis decirme qué ha pasado?

Los animales permanecieron en silencio, mientras la mula cabeceó contra un travesaño de la cerca en que estaba encerrada.

¡No podía perder el tiempo con esos animales obstinados!

Álex tomó su bici. A la entrada del camino dio tal giro al manillar que estuvo a punto de caer; torció por el camino más largo, el que pasaba por el molino. Le pareció que si su hermana había escapado, debía haberlo hecho por un sendero distinto al que había seguido al venir.

¿Qué habría sido de su abuela? ¿De qué «terrible desgracia» hablarían las gallinas? El escenario era como el de un asesinato.

Pedaleó y pedaleó, con la sensación de que la noche crecía y le perseguía hasta convertirse en un monstruo que le arañaba la espalda.

Álex fue mirando a un lado y a otro del camino, pero no encontró a su hermana, ni había rastro de su bicicleta.

Tenía la esperanza de que Erre hubiese escapado del escenario del crimen y le hubiera dado tiempo a avisar a sus padres.

Aunque también podría haber ido al pueblo; ella era imprevisible.

Cerca ya de su casa, sintió una vaga aprensión. Su padre no parecía haber llegado, porque no estaba allí su furgoneta. Y se repetía esa sensación de extraña quietud que envolvía la casa de la abuela.

Se apeó con una peligrosa cabriola y dejó la bici en el suelo. Entró corriendo hasta la cocina, cuya luz estaba encendida. Gritó:

—¡Mamá, mamá…! Erre ha desapareci…

Allí no había nadie.

Vio verduras cortadas sobre la tabla de picar, una cazuela que parecía haber sido retirada con prisa del fogón, un delantal tirado en el suelo, unos huevos fuera de la nevera, mondas de patata asomando por los bordes del cubo de la basura…

Pero ¿qué estaba sucediendo…?

3

Dos gatos desesperantes

Álex llamó «¡Mamá! ¡Papá!» por si sus padres estuvieran arriba.

Nadie respondió, pero llegaron unos leves ruidos del piso superior.

«¿Será posible que esto me esté pasando a mí? —se dijo—, con el hambre que tengo...».

Gritó al pie de la escalera:

—¡Romeo, Julieta!

Pasados unos segundos, por los escalones descendieron un par de viejos gatos blancos siameses mellizos. Solo se distinguían por el sexo y por algunos hábitos peculiares de cada uno de ellos.

Pero su sexo no era fácil de apreciar salvo en alguna postura un poco indecorosa para el animal y,
en cuanto a sus hábitos, esos animales jugaban de
vez en cuando a que uno fuera el otro y al revés,
para liar a los habitantes humanos de la casa. O
sea, que todo el mundo los confundía, incluyendo
Álex. Se habían criado juntos y solían hablar a la
vez, o completarse uno a otro las frases, o apos-
tillarse, lo que a veces resultaba divertido y otras
veces irritante.

Los gatos se detuvieron en un escalón y asomaron
sus cabezas por los barrotes de la barandilla. Parecían recién despertados de un sueño y dispuestos
a volver a holgazanear a la menor oportunidad.
No se dejaron contagiar por los nervios del muchacho:

—¿Sabéis qué ha pasado aquí?

—Ni idea. Nosotros…

—… estábamos durmiendo.

—¡Vaya horas de dormir! ¿No habéis oído ningún ruido? ¿Ni la furgoneta de mi padre, ni ningún
grito de mi madre?

—¿Y por qué iba a gritar…

—… tu madre?

—No lo sé, pero Erre ha desaparecido, la abuela
también, el suelo de su casa estaba lleno de sangre

y estando allí oí disparos. Ahora llego aquí y no hay nadie.

—¿Nosotros no somos nadie?

—Eso, ¿es que no somos nadie?

Álex pensó que todo el mundo en esa casa era desesperante, y eso incluía a *todo el mundo:* su padre, su madre, Erre, la abuela, Argos… y esos gatos. Él era el único sensato en esa familia de locos.

Las tripas del chico protestaron y uno de los animales dijo:

—Te suenan…

—¡Ya sé! Me suenan las tripas. Es que no he comido nada desde hace un siglo. Bueno, ¿vais a ayudarme o no?

Los gatos se miraron y, después de que parecieron meditar sobre alguna cuestión muy profunda, dictaminaron con seriedad:

—Todo parece extraño…

—… y quizá haya alguna relación entre las desapariciones.

—¡Claro! ¿Cómo no? ¿Alguna vez han desaparecido a la vez la abuela, Erre y mis padres? ¿Y qué me decís de la sangre? Debe de ser un crimen. Ya lo dijeron las gallinas: «Una terrible desgracia».

—Esas gallinas…

—… están locas.

—Vale, sí… ¡están chaladas! Pero ese no es el problema. ¿Alguna idea?

A pesar de sus excentricidades, Romeo y Julieta eran sabios a su manera, y Álex esperaba de ellos que estuvieran a la altura de las circunstancias con alguna sugerencia genial.

Mientras esperaba a que los animales acabaran de mirarse y de cavilar, con ese pensamiento lento que tienen los gatos, fue a la nevera, sacó unas empanadillas de pisto y se comió dos con apetito.

Tras un rato, Julieta y Romeo llegaron a una conclusión:

—Tienes que empezar buscando a Argos…

—… eso… hay que comenzar por Argos.

—¿Por el perro? ¿Por qué? Si el problema está en mi hermana y en la abuela, y además hay sangre de por medio… ¿Por qué el perro?

—Es lógico. Argos es, con mucho, el más cuerdo de la familia…

—… y el más sensato. No habrá ido muy lejos de la casa de tu abuela…

—… y podría explicarnos lo ocurrido. En cuanto a tu hermana…

—… como es totalmente imprevisible, y tu abuela…

—… una temeraria…

—… eso, una temeraria…

—… las dos pueden estar en cualquier sitio. No creemos, la verdad…

—… que hayan asesinado a la anciana. Si acaso, al revés…

—… sí, al revés. Alguien puede haber entrado en la casa pensando en robar alguna baratija…

—… y tu abuela puede haberle dado un golpe en las narices…

—… lo que explicaría lo de la sangre.

Pensándolo bien no era mala solución. Si sus padres habían ido al pueblo a buscar a Erre o a pedir auxilio, él no podría ayudar mucho.

También los gatos tenían razón en lo que decían sobre su abuela y Erre. No era la primera vez que

Álex se enfrentaba a un problema familiar, aunque nunca de tintes tan inquietantes como aquellos.

No era la primera vez que su hermana, que además de otras cosas era una despistada, se perdía en el bosque o se le pasaba la hora de cualquier cosa. Tampoco era la primera vez que tenían que sacar a la abuela de algún apuro, porque había querido auxiliar a un pajarillo en la copa de un árbol, curiosear en el fondo de una cueva, ascender a la cima de una montaña o merendar en el fondo de un barranco.

Pero que desaparecieran las dos a la vez, que sus padres se marcharan a la hora de cenar y que del perro no se supiese nada…

¡Eso era verdaderamente insólito!

Alejandro comenzó dejando una nota sobre la mesa; no quería que fuese demasiado alarmante, así que solo escribió: «He vuelto a casa de la abuela, a ver qué ha pasado. Avisadme si sabéis algo. Besos. A.».

Luego, buscó una linterna y comprobó que tuviera pilas.

Por último, se puso un jersey y metió en una bolsa las empanadillas que quedaban. Al salir, señaló a uno de los gatos y dijo:

—Romeo, te vienes conmigo.

—¿Yo? Yo soy Julieta…

—Ni hablar. ¡Julieta soy yo…!

—¡Bueno, se acabó! Uno viene conmigo y el otro se queda. Si llegan mis padres, el que se queda sale a buscarme, en caso de que ellos no lean la nota. ¿Entendido?

Eso de salir por el bosque, de noche, era algo que no gustaba mucho a esos gatos caseros, así que los dos saltaron al suelo y dijeron a la vez:

—¡Yo soy Julieta!

Álex señaló a uno y dijo:

—Tú te vienes conmigo, te llames como te llames, ¿entendido?

El gato señalado protestó con maullidos lastimeros, mientras su mellizo se fue silencioso al salón, seguramente pensando en dormir algún sueñecito en un sofá. Álex resopló:

—¡Qué paciencia...!

Tenía pinta de que iba a ser una larga noche...

4

Un cuervo cargante

Álex y Romeo (¿o Julieta?) emprendieron camino. El aire estaba lleno de voces de grillos, cucos y búhos, y de susurros de otros animales que en apariencia no hacen ruido, como orugas, ciempiés, saltamontes y mariposas. Entre todos sumaban un murmullo que se unía al de las pisadas del chico y su acompañante gatuno.

Al principio el gato se dedicó a rezongar, aunque el chico no hizo caso de sus protestas, ocupado en dar cuenta de las empanadillas:

—Te prometo que no soy Romeo. Soy Julieta… Me perderé, ya verás, y Romeo se quedará solo. Nunca se ha visto a un gato buscando a un perro…

Además, tus padres pueden volver en cualquier momento con noticias…

—¡Calla ya, hombre! ¿Vas a estar todo el viaje dándome la paliza?

—No soy hombre, sino gato… O mejor dicho…

—… gata, ya sé. ¿Te importa que te mire la entrepierna para comprobarlo?

—¡Claro que me importa!

—Bueno, pues cállate.

El chico aprovechó el silencio para pensar.

Álex tenía la sensación de que siempre estaba pensando, incluso cuando dormía. La gente, al menos las personas y los animales de su familia, hacían primero las cosas y luego las pensaban. Él no, él tenía la impresión de que pensaba mucho antes de tomar una decisión.

La prueba estaba en que todos en su familia (y muchos compañeros del colegio, y otros animales) siempre estaban metidos en líos, en especial su hermana y su abuela. Pero también su madre. Y su padre, en algunos sentidos…

Su madre tampoco se quedaba atrás en un concurso de rarezas. No perdía la calma por nada, aunque se declarara un incendio en el bosque o le anunciaran que un meteorito iba a caer sobre el tejado. Todo, según ella, acababa por resolverse, y nunca la había visto correr ni alzar la voz. No le daban miedo los ratones ni las avispas.

Hacía años, una tarde, tendiendo la colada, se encontró de repente con un oso negro hambriento, tres veces más grande que ella. Lo apartó del cesto de la ropa pidiéndole que por favor no le manchara las sábanas y el oso se puso a cuatro patas y se apartó, quizá asombrado por encontrarse con alguien que ni gritaba ni se le ponían los pelos de punta al verlo.

Álex recordaba que cuando tuvo lugar este episodio estaba a punto de cumplir cuatro años y Erre acababa de nacer. Al ver al oso, el niño se levantó, dejó los juguetes, se acercó al animal y le preguntó:

—¿Qué quieres?

—Pasaba por aquí a ver si encontraba algo de comida.

—¿Te gustan las fresas?

—¡Claro!

—Voy a buscar unas pocas. No te vayas.

La madre de Álex le vio atónita entrar en la casa y salir luego con un plato de fresas, que el animal devoró de un bocado. Cuando las acabó, el oso se relamió y dio las gracias al niño, que respondió:

—De nada. Ven aquí cuando quieras. Siempre sobra algo de comida.

Cuando el oso desapareció, el niño volvió a sus juegos y la madre se acercó a Álex y le preguntó:

—Oye, ¿tú has hablado con ese oso?

—Sí.

La madre había visto a veces cómo su hijo se entretenía bisbiseando con los gatos, con Argos y con otros animales, pero nunca pensó que podría comunicarse con ellos. Se le quedó mirando y murmuró:

—Vaya hijo más rarito que tengo.

Y siguió tendiendo la ropa.

Más adelante, cuando la niña creció, los padres se enteraron de que Erre también tenía esa extraña capacidad de hablar con los animales. Ya no se sorprendieron, pero de vez en cuando advertían a sus hijos:

—Que nadie sepa que habláis con los animales, ¿eh? Hay gente muy envidiosa por ahí que no lo entendería bien.

Hablar con los animales era una ventaja, claro, pero eso obligaba a pensar el triple o el cuádruplo, cosa que a Álex le fastidiaba a veces. Echaba en falta un botón en su cabeza que sirviera para no-pensar. Su hermana, por ejemplo, parecía tener el botón de no-pensar siempre activado; a la vista estaba que hacía las cosas sin prever las consecuencias.

«Crj, crj, crj…» sonó cerca del camino.

Julieta (¿o era Romeo?) se acercó a los pies del chico, que estuvo a punto de pisarle el rabo, pero este la tranquilizó:

—Tranquilo. Es Cuervo.

—¡Vaya! Lo que faltaba. ¿Y qué hará por aquí a estas horas?

—Husmeando, como siempre. Haz como si no lo hubieras oído.

Un rápido aleteo junto a la oreja de Álex le anunció que iban a tener un acompañante pesado. Su voz ronca no dejaba lugar a dudas:

—Crj… Buenas noches, amigos. ¿Qué les trae por aquí a estas horas?

—Nada, estamos paseando.

—¿Paseando? ¿A estas alturas de la noche? No me parece a mí que sean horas de dar una vuelta por el bosque.

El chico y el gato siguieron caminando, pero no era fácil quitarse a Cuervo de encima. Voló un par de veces sobre ellos, descendió al suelo y dio pequeños saltitos hacia atrás mientras decía:

—¿Qué? ¿No queremos hablar? Crj... ¿Misión secreta, eh? ¿Algún lío familiar? Pues sepan que todo se acaba sabiendo. Mis amigos los picamaderos me contaron...

A Álex, esa cháchara continua le impedía pensar, así que se rindió:

—¡Bueno, de acuerdo! Dejaremos que nos acompañes si vas en silencio.

—Sí, crj, me callaré... Pero ¿no quieren anticiparme dónde vamos? Ah, por lo que puedo deducir, a casa de la abuela. ¿Sigue enferma, la pobre? ¿O se ha curado y está metida en algún lío? ¿Ha secuestrado al guardabosques? ¿Otra vez se ha encadenado a las obras de la presa, para protestar? ¿Ha cortado la carretera...?

—Por favor, Cuervo... Buscamos a Argos, que se ha perdido. ¿No querrás adelantarte, a ver si lo encuentras? Si le ves, nos avisas, ¿vale?

—Crj, buen encargo, amigos, el mejor para el pájaro más inteligente del bosque, de vista aguda y oído fino. En cinco minutos estoy aquí.

—Tómate tu tiempo. No importa que sean quince...

Álex se dijo que Cuervo, después de todo, quizá pudiera ayudarles. Aunque conocía el camino, encendió la linterna para alumbrar la senda. Como si hubiera sido una señal, unas minúsculas luces se encendieron a la derecha. Eran luciérnagas. Al principio, dos o tres, luego diez, veinte... Esas lucecitas danzaron en la oscuridad y él apagó la linterna para que el resplandor no cegara su luz.

Al chico le gustó verlas. Las luciérnagas y otros bichos similares no le distraían. Nunca había conseguido hablar con un animal más pequeño que un ratón, así que no tenía que ocuparse de ellas.

Apenas había andado veinte pasos cuando alguien chistó a su lado:

—Pst, pst...

Álex se detuvo, tan sorprendido como molesto. ¡Pero, bueno...! ¿Es que nadie podía estar callado en ese bosque...?

5

UN LOBO FILÓSOFO

Se trataba de Lobo. Ya había acabado su pesada digestión y estaba a punto de dormir bajo un bosquecillo de endrinos cuando oyó los pasos del chico. Rápido, se puso en pie y se acercó al camino.

A Lobo nunca le venía mal un rato de conversación. Se acercó al chico y al gato (¿o era hembra?) y a este se le erizaron los pelos de la espalda cuando vio los ojos amarillos de ese negrísimo animal.

Álex susurró:

—No te preocupes, Ro, que no come gatos…

Cuando llegó a la altura de Álex, Lobo saludó y se unió a su paseo:

—¡Hola, hola, chaval! Disfrutando de una preciosa noche, ¿eh? Ah, la noche... Cuando el sol se pone tras las montañas comienza la vida nocturna, llena de sueños y sorpresas. ¿No te parece?

—Pues sí.

—¿Dónde te diriges? Porque este paseo nocturno debe de tener un propósito, ¿no es así? Y no me refiero a una intención general y vital, sino a un destino concreto y práctico.

—Pues sí.

—Pues sí, ¿qué? ¿Que tienes un destino concreto...? Ya imaginaba. ¿Y se puede saber cuál es?

—Voy a casa de mi abuela.

—¿Otra vez? Hace un rato ibas al mismo sitio. ¿Es que no llegaste la vez pasada o tienes una necesidad o un deseo?

—Lo segundo.

—¿Una necesidad o un deseo? No es lo mismo una cosa que otra...

Álex estaba harto de que todos los animales le dieran conversación. Le hubiera gustado ser alguien normal, obligado a hablar solo con sus padres y con su hermana, como les pasaba a los chicos de su edad. Pero no. Y lo más grave de todo era que los animales tampoco podían hablar entre sí y le utilizaban a él como intérprete para transmitirse mensajes o advertencias.

¡Eso daba mucho trabajo! Exigía pensar mucho… Mientras Lobo continuaba un exasperante soliloquio sobre las diferencias entre «necesitar» y «desear», el cuervo grajeó anunciando su presencia, revoloteó por encima del trío y parloteó un buen rato algo que solo entendió Álex.

Los animales preguntaron qué había dicho y el chico les explicó:

—Dice que ni rastro de Argos.

El cuervo protestó:

—Eh, eh… No solo he dicho eso. ¿Por qué no explicamos que he dado varias vueltas alrededor de la casa, oteando a ras de suelo y desde los árboles, que he viajado veloz por los caminos próximos y me he jugado las alas mirando entre agujeros ocultos en las zarzas?

—Bueno, el resultado es que no has encontrado a Argos.

—Pero no es lo mismo, amigo, no es lo mismo.

Continuaron camino, cada uno avanzando a su manera, unos andando y alguno revoloteando.

Cuervo graznaba, Romeo ronroneaba y Lobo gruñía. Hablaba cada cual su lenguaje animal y el chico los entendía a los tres y debía estar pendiente de lo que decían, que la mayoría de las veces era algo poco interesante, porque no eran más que variaciones sobre el mismo tema: el cuervo era un cotilla, el gato un protestón y el lobo un filósofo de tres al cuarto, que se liaba él mismo con frases enrevesadas, haciéndose preguntas a sí mismo y respondiéndoselas.

Lobo no paraba:

—... porque a veces yo mismo me pregunto y no sé qué responder, la verdad, por eso me gusta preguntar a otros, como esta tarde, cuando pasó a mi lado Erre, y quise tener una conversación con ella...

—¿Qué has dicho? ¿Que has visto a Erre? ¿Esta tarde?

—Sí, esta tarde, cuando iba a casa de tu abuela.

—¿Y qué te dijo?

—Nada interesante. Tenía prisa, así que en realidad ni siquiera le dio tiempo a sacarme de dudas o contrastar mi punto de vista...

—Sí, vale, pero ¿cómo fue vuestra conversación?

—En realidad no hubo conversación, como podríamos llamar a una charla en que se debaten distintos...

—PERO ¿¿¿CÓMO FUE...???

LUPUS PHILOSOPHUS

Álex se detuvo en seco. Cuervo se posó en una rama para no perder palabra. Nunca había visto a Álex tan enfadado. Entendía las palabras del chico pero no las respuestas del lobo, que continuaba su charla:

—Hombre, no grites, que iba a contártelo. Erre venía por el camino y le pregunté: «¿Dónde vas, Caperucita?». La llamé así, «Caperucita», por el gorro que llevaba; era una forma de llamar su atención, ya sabes: provocar al contertulio para que se sorprenda y te rebata...

—¡Al grano!

—Ella respondió: «A casa de mi abuelita», de una forma musical, rimando con «Caperucita», ¿te das cuenta? Luego dijo que le llevaba algo en una cesta, porque la anciana estaba enferma. Yo no tuve curiosidad por saber qué había, porque no sentía hambre y ya sabes que mi dieta es muy monótona, pero ella me lo explicó con detalle.

—¿Y qué más?

—Crj... ¿Qué dice?

—Nada que te interese. Tú, sigue...

—Pues eso, le propuse que charláramos un rato, pero ella me dijo que tenía prisa y que quería recoger avellanas y flores por el camino. Y yo le dije: «Vale, si te parece, yo voy a casa de tu abuela por el camino del molino, nos vemos allí y luego hacemos juntos el viaje de vuelta».

—¿Y fuiste a casa de la abuela?

—En realidad, no. Tenía la digestión pesada, así que me quedé dormido sobre unos helechos. Allí fue donde me encontraste un par de horas más tarde.

—Es decir, que Erre fue a casa de la abuela pero tú ni la acompañaste ni fuiste por el otro camino, ¿no? O sea, que no la volviste a ver.

—Eso es.

Álex caviló: ¿Y si Erre se había entretenido buscando avellanas? ¿Estaría hablando con algún animal, sin darse cuenta de que era de noche? Todo era posible con su hermana, pero ¿y qué pasaba con la abuela? ¿Y de quién era la sangre? ¿Y por qué Argos no estaba por allí, si nunca se había alejado más de cincuenta pasos de la casa? ¿Y sus padres…?

Lo que explicaba Lobo no aclaraba nada sobre esos misterios.

Cuervo y Romeo, que habían entendido lo que decía el chico a Lobo, pero no al revés, preguntaron con insistencia:

—A lo mejor Erre ya está en casa, con Julieta, y debemos volver. ¿Nos vamos? —propuso Romeo.

—¿Es que Erre se ha perdido? Crj, crj… qué emoción…

El chico no quiso responder ni a uno ni a otro. Bastante tenía con sus cavilaciones.

Llegaron al claro del bosque donde se alzaba la casa de la abuela.

La luna bañaba las copas de los árboles y los tejados con una luz fantasmal. Solo se oía el canto de algún pájaro y el chirrido de algún grillo. En condiciones normales, si el perro estuviera por allí, habría comenzado a ladrar.

Pero estaba claro que ni el perro estaba ni la abuela había regresado, porque en la casa no se veía una sola luz encendida.

6

TRES CHIVAS CHIVATAS

Romeo caminó hacia la casa, deseoso de sentirse protegido por cuatro paredes. Su fino olfato percibió el olor de la sangre. Su maullido atrajo la atención de Cuervo y en poco tiempo los dos animales husmeaban ese reguero de gotas, sin atreverse a entrar.

—Crj, crj… ¡Pero si aquí hay sangre…! ¡Qué notición!

—Ya decía yo que no tenía que haber salido de casa. Miauu…

Dejando aparte los murmullos de la noche, todo estaba en silencio. Y en ese silencio casi se podía oír pensar al chico. No le cabía en la cabeza que Argos estuviese lejos, y menos sin la abuela, así que lo llamó:

—¡Argos! ¡Argoooooooos!

Sus gritos fueron seguidos por los aullidos de Lobo:

—¡Au-auguurr! ¡Au-au-urg-au-ua-urg!

Álex entendió: «No te escondas. ¡Ocultarse es de pusilánimes!», pero en el corral los aullidos se interpretaron como una amenaza y de allí llegó una algarabía de cacareos, balidos y coces. El chico pidió a Lobo:

—Gracias, pero será mejor que no me ayudes.

—Solo pretendía…

—Cállate, por favor.

La puerta del corral estaba abierta. Álex saludó a la mula, rascando su cruz. No preguntó al animal, porque era mudo, y caminó hacia el cobertizo. Pulsó el interruptor. Una bombilla esparció una débil luz amarillenta. Oyó el cloqueo nervioso de las gallinas y las tranquilizó:

—Calma, que estoy con amigos. ¿Alguien sabe dónde está Argos?

Las gallinas parecían bolas emplumadas sobre los palos, con las cabezas encogidas y escondidas bajo el ala. En un rincón, de pie, la cabra protegía a sus crías, nacidas pocas semanas antes. Álex gritó:

—¿Alguien va a explicarme de una vez qué ha pasado aquí?

Las gallinas no movieron una pluma y la cabra retrocedió. El chico estaba a punto de perder la paciencia y se dirigió a las gallinas:

—¡Sé que os hacéis las dormidas! A ver, Alanegra, ¿dónde está Argos?

La aludida tembló y estiró levemente el cuello. Iba a responder cuando una vocecilla surgió del rincón:

—Está escondido en el establo…

Era la voz atiplada de una de las cabritillas, que se alzó del suelo y se dirigió hacia el chico. De inmediato, las otras dos se levantaron y también se acercaron a él:

—Sí, sí, en el establo con la mula.

—Detrás de las pacas de paja.

—Es un perro miedica.

—Lleva toda la tarde escondido.

—Nos ha dicho que no te digamos nada.

La madre se acercó a las tres chivas y las empujó hacia el rincón:

—Basta, chicas. Álex ya sabe dónde buscarlo, así que, ahora, a dormir.

Álex estaba agotado. Como si no hubiera suficientes problemas, ahora tenía que ocuparse de un perro bobalicón. Estaba realmente enfadado cuando lo llamó:

—¡Argos, sal de ahí ahora mismo! ¡Sal o...!

Las gallinas estiraron el cuello y se dispusieron a observar divertidas la escena con un solo ojo.

Argos salió cubierto de briznas de paja. Estaba avergonzado, con la cabeza gacha, y esperaba una reprimenda, pero Álex no estaba dispuesto a perder el tiempo y fue directo al grano:

—¿Sabes algo de la abuela?

—No está.

—¡Ya! No está, pero ¿adónde ha ido?

—No sé.

O el perro no sabía nada, o estaba tan asustado que nada podía decir. Fue un interrogatorio desesperante e inútil. Aunque las gallinas no entendían al perro, reían burlonas en sus palos. Argos esperaba reproches por su cobardía, pero Álex no quería humillar al animal delante de los demás y dijo a unas y a otras:

—Vosotras, ¡a dormir! Tú, madre cabra, cuida de tus hijas y que no salgan de aquí hasta que no volvamos la abuela o yo. ¿Entendido?

Y, para afianzar la autoridad del perro, le dijo delante de los demás:

—Argos, quedas encargado de vigilar este lugar. No dejes que nadie se acerque por aquí. ¿De acuerdo?

Argos hizo un gañido que para Álex significó que «sí». Iban a salir de allí cuando una de las cabritillas se incorporó:

—Argos es un cobardica.

Las otras dos también se alzaron y balaron junto con su hermana:

—No podrá ocuparse de nosotras.

—Tiene miedo de las escopetas.

—Y se desmaya si ve una gota de sangre.

—¡¡¡Queréis callaros de una vez!!! A ver, madre cabra…

La cabra se levantó y empujó a sus hijas hasta el rincón. Segundos después, Álex apagó la luz y oyó cacareos y balidos en el cobertizo, pero hizo caso omiso de las habladurías.

Álex caminaba junto a Argos y trataba de explicarle:

—Amigo, tienes que ayudarme. Algo ha pasado aquí y no me extrañaría que mi hermana y la abuela estén en peligro. Recuerda que eres un pastor normando y que tus antepasados se enfrentaban a los jabalíes y a los osos para cuidar los rebaños.

—Quizá mis padres y mis abuelos, pero yo…

—Ya verás como lo haces bien.

Cuando aparecieron Álex y Argos, Lobo se levantó del lugar en que descansaba:

—Hombre, mi primo, el *Canis familiaris*... Y en buena compañía. Oye, ¿puedes preguntarle cómo es la vida de un animal en régimen de domesticación? Porque yo estoy pensando...

A Álex le aburría tener que pedir continuamente a los animales que se callaran. Cerró los ojos cuando se acercaron Romeo (¡porque debía de ser Romeo!) y Cuervo, cada uno con su cháchara:

—Miau... Esto es tiempo perdido. Deberíamos volver a casa.

—Crj... Las gotas de sangre van en dirección al bosque; he volado hasta la entrada y por allí se pierde el reguero...

Era difícil seleccionar de todas esas conversaciones la que era más interesante, y Álex prestó atención a lo que decía Cuervo:

—Pero ¿vienen del bosque o van hacia el bosque?

—Eso no lo sé, crj. ¡Ya sabía yo que algo pasaba con la abuela, crj!

Álex pensó en la abuela herida en la cama, en el charquito de sangre ante el armario, en el reguero de gotas que se perdía hacia el bosque... ¿Y si la abuela estaba tendida entre los matorrales, desmayada, malherida y desangrándose?

—¿No puedes adelantarte y comprobar si la abuela anda por ahí?

—Crj... Ya lo he hecho. Las gotas acaban en un charquito a la entrada del bosque. Hay gotas en alguna zarza. Pero nada más.

—¿Nada más? ¿Seguro?

—¿Cómo que si seguro? Crj... Recuerda que los cuervos somos de los pocos pájaros capaces de contar, modestia aparte.

Cada vez que Álex hablaba con un animal, los otros se impacientaban por saber qué decían:

—¿Puede saberse si hay noticias nuevas o se trata de alguna discusión sobre la vida de los animales domésticos, como yo preguntaba?

—¿Por qué no nos vamos ya? Julieta estará intranquila...

(¡Era Romeo!)

El chico consideró las posibilidades. Podía quedarse o marcharse. Ir a casa o al pueblo. Solo o en compañía. Buf... estaba agotado y con el estómago vacío. Al final, decidió pedir algo al pájaro, que se marchó volando. Ahora, tenía que explicar a los animales lo que iban a hacer.

¡Qué trabajo!

7

UN BOSQUE AGITADO

Las botas de Álex rechinaban sobre el suelo, mientras las pisadas del gato y del lobo producían un susurro almohadillado. A medida que el cono de luz de la linterna avanzaba sobre el sendero, algunos bichos saltaban o correteaban, temerosos de ser descubiertos por cazadores al borde del camino o sobre las ramas de los árboles. La noche no era un período tranquilo para los animales más pequeños del bosque.

De vez en cuando Álex oía protestar a algún animal, como al búho o al zorrillo, molestos porque la luz o el ruido ahuyentasen a sus presas:

—Oye, ¿no puedes dejar de hacer ruido con esas patazas?

—¡Eso! ¡Y apaga la luz! Buh... Si no ves de noche, no salgas...

Álex encargó a Lobo que vigilase los bordes del camino, por si la bici de Erre estuviera entre los arbustos, así que iba de un sitio a otro haciendo zigzag y gruñendo sus murmuraciones.

A Romeo le pidió que husmease por si había olores recientes de su abuela y su hermana, así que el gato iba con los bigotes a ras de suelo, bufando si encontraba una olisma desagradable.

El gato tiritaba de frío pese a su espesa mata de pelo. No hacía más que ronronear:

—Rrr... Con lo calentito que se está en casa y yo oliendo porquerías.

—Tranquilo, Ro, que pronto volvemos a casa.

Lobo pensó que las palabras de Álex significaban que ya se había levantado la prohibición de hablar y aprovechó:

—Lobos, perros... Miembros de un tronco común, el de los cánidos. Animales con los mismos derechos. ¿No te parece, chaval?

—Quizá...

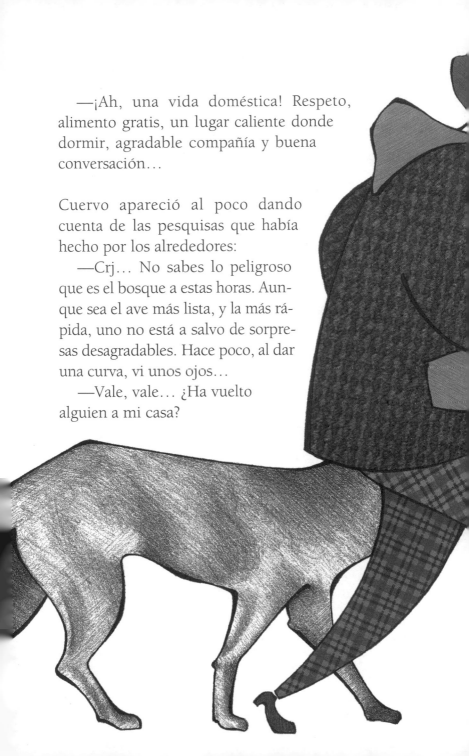

—¡Ah, una vida doméstica! Respeto, alimento gratis, un lugar caliente donde dormir, agradable compañía y buena conversación…

Cuervo apareció al poco dando cuenta de las pesquisas que había hecho por los alrededores:

—Crj… No sabes lo peligroso que es el bosque a estas horas. Aunque sea el ave más lista, y la más rápida, uno no está a salvo de sorpresas desagradables. Hace poco, al dar una curva, vi unos ojos…

—Vale, vale… ¿Ha vuelto alguien a mi casa?

—Ni rastro de tus padres ni de tu hermana.

—Pues me extraña que no hayan vuelto.

—Sí que es misterioso, crj... ¡Lo que voy a contar yo mañana cuando me encuentre con mis colegas en los cables de la luz...!

—Oye, ¿me puedes hacer otro favor? Date una vuelta por los alrededores del molino. A ver si ves algo.

—¿Qué quiere decir «algo»? ¿Una bici abandonada? ¿El cadáver de algún conocido? ¿Tripas colgando de un árbol?

«¡Qué emocionante!», grajeó Cuervo mientras se perdía en la negrura.

«¡Qué fastidioso!», se decía Álex, mientras no dejaba de pensar en su hermana y en su abuela. A medida que pasaban las horas, sus aprensiones iban siendo más funestas. Algo serio debía de pasar cuando sus padres habían salido de casa de forma tan precipitada.

Se veían las primeras luces del pueblo cuando el cuervo volvió con un objeto en el pico.

—¿Qué es eso?

—Crj... A lo mejor es de tu hermana. Lo encontré a la orilla del río.

El chico enfocó el objeto con la linterna y lo observó con atención.

—Pero si no es más que un anillo de plástico.

—Ya, pero brilla…

—Mira que os gustan las cosas brillantes a los cuervos… No todo lo que brilla tiene valor. Y esto, desde luego, no lo tiene.

—Vaya, crj… No hay rastro de tu abuela ni de Erre. Ni piernas, ni uñas, ni zapatos. Nada. Como si se las hubiera tragado el bosque.

Eso parecía, pensó Álex. Tampoco Romeo ni Lobo habían encontrado una huella reciente de la bicicleta de la chica, y mucho menos una gota de sangre de la abuela.

Tomar ese camino había sido una pérdida de tiempo. Tal vez hubiera sido mejor, se dijo, quedarse en casa, esperando noticias. Pero ahora, se dijo también, no quedaba otra solución que llegar al pueblo. Allí quizá pudiera ir a la policía o a un hospital…

Siguieron hasta que el camino desembocó en la carretera. Álex apagó su linterna. Lobo se mantenía a distancia de la cinta asfaltada, nervioso y desconfiado, observando con sorpresa las sombras dobles que a sus pies creaban dos farolas cercanas, un fenómeno extraño que, para ese animal, no significaba nada bueno.

—Ejem… ¿Qué te parece, chico, que un animal tenga dos sombras? Eso quizá signifique que otros no tengan ninguna, y eso no es bueno para nadie. ¿No crees...?

—No te preocupes. Verás como dentro de poco solo tienes una. Oye, quizá no sea buena idea que vengas a la ciudad. Iremos Romeo y yo, a ver si podemos saber algo de mis padres.

—¡Miau! Pero ¿no dijiste que volveríamos a casa?

—Crj... ¿Y yo? Yo no me quiero perder lo que pasa...

—Grr... A mí me parece buena idea. Las ciudades, con tanto coche y tanto ruido... La verdad es que no me importa esperar...

—No, no esperes porque no volveremos por aquí. Regresaremos por la carretera de Las Dehesas. Nos veremos cerca de casa.

Lobo dio marcha atrás, tranquilo porque una de sus sombras se esfumó en cuanto se alejó de la carretera. El cuervo salió volando para localizar en el pueblo la furgoneta blanca de los padres de Álex.

Romeo consideró que se llevaba la peor parte, porque debía acompañar al chico, y encima andando.

Intentando reconciliarse con el gato, Álex le ofreció:

—¿Quieres que te lleve en brazos?

—No seas absurdo. No estoy cansado, sino harto.

—Bueno, me alegro de que vengas conmigo; me haces compañía.

—Ya…

—Además, así podemos hablar tranquilamente. Lobo y Cuervo son unos pesados. Contigo, la conversación es otra cosa.

—No intentes hacerme la rosca.

—Oye, ¿cómo ves tú este asunto?

—Seguro que anda despistada por ahí. Conociéndola, ni se habrá dado cuenta de que es de noche.

—Puede ser, pero ¿y lo de mi abuela?

—Mmm… ese es otro tema. Lo de la sangre…

—… es preocupante, sí. He pensado que podíamos ir al hospital, a ver si saben de ella. La habrán llevado allí, si ha perdido tanta sangre.

—¡¿Al hospital?! Si eso está al otro lado del pueblo…

Romeo refunfuñó. No le gustaba pasear por las calles y aceras de la ciudad. Estuvo a punto de pedir a Álex que lo llevara en brazos, pero por dignidad siguió caminando por aquel piso maloliente, sorteando cagadas de perro y de paloma, salivazos humanos y gotas de aceite rancio que escupían los coches, las motos y los autobuses.

Álex, que tenía mucha imaginación, se había creado su propia película: la abuela había sufrido un accidente; Erre lo descubrió y avisó a sus padres; estos salieron con prisa de casa, la recogieron con la furgoneta y la llevaron al médico. Ahora, los cuatro estarían allí, esperando, y se alegrarían de verle. Fin de la aventura.

Tenía muchas ganas de volver a casa.

8

UN INVESTIGADOR MISTERIOSO

A Romeo, la entrada del hospital le olió a clínica veterinaria, un lugar de mal recuerdo en el que había estado un par de ocasiones. Quiso quedarse a la puerta pero el chico lo tomó en brazos argumentando:

—A lo mejor la abuela está dentro y tardo un rato, y en la ciudad suele haber perros con malas pulgas.

—Mmm… ¡Es tan humillante ir en brazos…!

Nada más franquear la puerta, un vigilante se acercó a Romeo con aspavientos y gritos:

—Eh, chico, ¿adónde vas?

—Vengo a preguntar por mi abuela.

—Aquí no se puede pasar con bichos.

—No es un bicho. Es un gato y se llama Romeo.

—¡Como si es Julieta! Los animales no pueden pasar.

Álex vio el mostrador de información. Ni soñar con llegar allí con ese vigilante que actuaba como un cocodrilo en su charca. Dijo a Romeo:

—Lo siento, amigo. Tengo que dejarte fuera. Tardo solo un minuto.

—Hay cosas peores.

El gato se quedó oculto tras unos arbustos. Cuando Álex volvió a entrar, el vigilante se le acercó de nuevo:

—Eh, chico. ¿Adónde vas?

A Alejandro le pareció que esa escena la había vivido ya. El cocodrilo le miraba con ojos saltones, esperando una respuesta:

—Ya se lo he dicho. Vengo a preguntar por mi abuela.

—Y tus padres, ¿dónde están?

—Con mi abuela.

—¿Y tu abuela?

—Eso es lo que vengo a preguntar. Creo que está aquí.

—Bueno, pasa…

Mientras caminaba hacia el mostrador, Álex pensó que había una diferencia enorme entre algunas inteligencias humanas y la inteligencia animal. A favor de la segunda, claro.

En recepción tuvo que dar el nombre de su abuela y su dirección. También el de su padre, de su madre, el suyo...

Le dijeron que esperara, y lo hizo en una de las sillas que había en la sala.

Poco después vio cómo el cocodrilo-vigilante hablaba con un hombre que llevaba una cartera. Álex pensó que quizá ese hombre trabajase allí. Por cómo le miraron, tuvo la sensación de que hablaban de él.

El hombre se le acercó.

—Hola.

—Hola.

—Me han dicho que has llegado solo.

—Bueno, sí. Casi solo.

—Y que buscas a tu abuela. ¿Qué ha pasado? ¿Sufrió algún *accident?*

—No lo sé. A lo mejor.

—¿Y tus padres?

—No sé.

—Ah, vaya... Veo que tienes un *problème.* ¿Cómo has venido?

—Andando.

—¿Andando solo? ¿Dónde vives?

—Por la carretera de Las Dehesas, antes de llegar al molino antiguo.

—Vaya, eso está lejos. Andarás cansado.

Álex se sintió aliviado al encontrar a aquel hombre tan amable. Pensó que sería uno de los directores del hospital y que pronto sabría de su abuela o de su hermana.

El hombre dejó su cartera sobre una mesita y continuó sus preguntas:

—¿Y cómo es que no están tus padres?

—No sé… Pensaba que estarían aquí. A lo mejor están.

—Quieres decir en alguna habitación. Porque tu abuela ha tenido un *accident,* ¿no es eso lo que me decías?

—A lo mejor.

—Oye, no eres muy comunicativo, ¿verdad? No te preocupes, que estoy aquí para ayudarte. *Mon travail* consiste en ayudar a la gente. Uno de mis lemas es «Ayudando, te ayudarás».

Álex miró el reloj. Llevaba más de diez minutos y nadie le había dicho aún si su abuela estaba ingresada. A él no le gustaba demasiado hablar con desconocidos, pero aquel hombre infundía confianza.

—¿De verdad puede ayudarme?

—Claro, pero me tienes que contar despacio lo ocurrido. *D'accord?*

El chico comenzó a hablar mientras vio cómo el hombre sacaba de su cartera una libreta y un bolígrafo, dispuesto a tomar notas.

—Eran las ocho o así. Mi madre me pidió que fuera a buscar a mi hermana, que había ido a llevar unas cosas a mi abuela. Cuando llegué a su casa, el perro no estaba y vi unas manchas de sangre. Volví a mi casa y mis padres se habían ido. Entonces decidí venir al hospital, por si había tenido un accidente y estaba ingresada.

—¿Y tu hermana?

—Tampoco la encontré.

—O sea, que han desaparecido tu papá, tu mamá, tu hermana y tu abuela. Y tú los estás buscando a todos.

—Sí…

—¿Y la *sang?*

—¿Qué *sang?*

—La *sang,* la sangre…

—Ah, sí… Vi gotitas, luego un charco junto al armario y más encima de la cama. Las gotas iban hacia el bosque pero luego ya no seguían.

—¿Y cómo sabes que no continuaba ese rastro? ¿Lo comprobaste?

—Bueno, sí.…

—¿Y de quién crees que era la *sang*? ¿De tu abuela?

—A lo mejor.

—O de tu hermana, ¿no?

—También… Pero seguramente no.

—¿Y cómo sabes que pasó por allí?

—En la cocina estaba la cesta que mi madre le encargó que llevara… Oiga, ¿no van a decirme si mi abuela está por aquí?

—¿Todavía no te han dicho nada? Espera, voy a preguntar yo.

El hombre dejó sobre la cartera el bloc de notas y se levantó. Álex recordó a Romeo y se puso en pie. Fue a la salida, cruzó una mirada con el hombre-cocodrilo y dijo «Ahora vuelvo».

El chico se dirigió hacia el seto y el gato apareció pronto:

—¿Nos vamos? Ya era hora… Hace un frío que pela.

No le dio tiempo a responder porque percibió un ruido sobre su cabeza. Se volvió a tiempo de ver cómo el cuervo batía las alas hacia ellos y se posaba sobre las ramas de un cerezo próximo.

—Crj… Estaba harto de esperar en el tejado. Ni rastro de la furgoneta de tus padres, crj. En el pueblo no están.

—¿Seguro…?

—Crj… Si quieres vuela y compruébalo tú, que yo estoy agotado. He recorrido el pueblo y visto siete furgonetas blancas, pero ninguna matrícula acaba en veintiséis, así que tus padres no están en el pueblo.

—¡Rediantres!

—Sí es un misterio, sí… Empieza a ser interesante, crj.

—Miau… ¿Qué dice este pesado?

Álex explicó que el director del hospital estaba preguntando por la abuela y dijo al cuervo que volviese a casa y esperase noticias.

Cuando se giró vio a la puerta al hombre con quien había hablado en la sala de espera. Se acercó mientras preguntaba:

—¿Esos animales son tuyos?

—Eh… No… Bueno, el gato sí… Se llama Romeo.

—Parecía que hablabas con ellos.

—¿Hablar…? ¿Con los animales? Qué tontería…

—*Évidemment,* hablar con los animales sería una tontería.

—¿Sabe algo de mi abuela?

El hombre miraba con desconfianza al cuervo, que se agitaba nervioso en la rama. Este grajeó antes de salir volando con un mensaje que solo entendió Álex:

—Crj... Esto no me gusta nada... Nos vemos en tu casa, crj...

Mientras el hombre vio cómo se perdía en la negrura, Álex aprovechó para recoger a Romeo del suelo y esperó la respuesta del hombre:

—Parece que en el hospital no están ni tu abuela ni tu hermana. No ha entrado gente herida en toda la tarde, lo cual es un fastidio.

—¿Por qué un fastidio?

—Cosas mías. Tiene que ver con mi *travail*.

—¿Usted es médico?

—No, qué va...

—Entonces, ¿es policía?

—Bueno, algo así. *Investigateur*, más bien. Por eso decía que podía ayudarte a buscar a tu hermana y a tu abuela.

Ante el desconcierto de Álex, el hombre extendió la mano y dijo:

—Me llamo Perrault, Charles Perrault. ¿Y tú, eres...?

—Álex —dijo el chico, estrechando su mano.

—*Enchanté*, Álex. ¡Encontraremos a tu abuela! Un momento, que voy a buscar mi *portefeuille*.

El tal Perrault volvió a entrar al hospital. Cuando se quedaron solos, Álex explicó en un susurro a Romeo:

—No era el director del hospital. Es un investigador. Dice que podrá ayudarnos a encontrar a la abuela.

—¿Investigador de qué...?

—No sé. Investigador general, supongo.

—Mmm...

El señor Perrault volvió al poco y dijo a Álex:

—Mira, lo primero que voy a hacer es invitarte a tomar algo, que supongo que tienes hambre. Buscamos un lugar calentito, charlamos sobre el asunto y abro *une investigation*. Luego, si quieres, te llevo a casa. Tengo el coche cerca y no me costará nada. *D'accord?*

Álex estaba hambriento y helado. De no aceptar, le quedaba un largo trecho hasta casa, andando, y al gato le vendría bien algo de calorcillo.

—De acuerdo. Pero a un sitio donde dejen entrar gatos.

—*Bien sûr!* Conozco un *restaurant* aquí cerca... Suelo ir allí a hacer *mes investigations*.

9

UNA CONVERSACIÓN DELIRANTE

Perrault parecía conocer bien a los empleados de aquella mugrienta taberna. Los saludó por sus nombres, consiguió que dejaran pasar al gato y pidió una mesa al fondo, «donde no nos moleste nadie», dijo guiñando un ojo. A Álex aquello le sonó a película antigua.

El hombre pidió al camarero un *tournedó à la chateubriand,* que Álex no supo qué era, y solicitó para él un sándwich vegetal y zumo de piña, y agua para el gato. Romeo observó cómo el mozo le miraba con desprecio y sintió ganas de arañarle, «¡tchas!», en una mano.

El investigador parecía simpático y dicharachero.

—¿No quieres una hamburguesa o algo así? Creo que a los *garçons* os pirran las hamburguesas y los perritos calientes.

—No, gracias. Yo no como animales enteros, en trocitos ni en puré.

—Ah, *respectable, très respectable*. Así que eres vegetariano...

—Sí, más o menos.

—¿Y desde cuándo?

—Desde los cuatro años.

Sirvieron las bebidas. Al gato le pusieron agua en un cenicero en el que flotaban partículas sospechosas, por lo que Álex pidió un botellín y vertió un chorro en la tapa de su botella de zumo y lo dejó en la silla. El gato ronroneó mientras bebía y Álex le dirigió algunas palabras en tono bajo, que el señor Perrault no llegó a entender.

Mientras esperaban la comida, el hombre sacó su cuaderno y lo abrió por una página en blanco. Tendió al chico el bolígrafo y le pidió:

—Para comenzar *l'investigation*, ¿puedes hacerme un plano del camino de tu casa hacia la casa de la abuela? Los detalles son *très importants* en un *travail* de este tipo, eh. Yo soy una persona perfeccionista, un profesional, como comprobarás, y para saber qué ha ocurrido hay que respetar la verdad de los hechos. *La verité avant tout!*

Álex tomó el bolígrafo y fue explicando:

—Aquí, el pueblo…. Esta, la carretera de Las Dehesas… Por aquí el desvío… Bosque de robles, aquí. Luego, el camino a la casa de mi abuela, con el puente… De su casa sale otro, pasando por el molino y el río. Por aquí hay otros senderos que van al manantial, y los que suben hasta Cinco Picos… Por aquí, al embalse…

—Vale, vale, ya me hago idea. ¿Y qué *chemin* hizo tu hermana?

Álex lo describió en el cuaderno.

—¿Y cuánto se tarda? Los tiempos también son importantes, eh…

—Andando, quince minutos. En la bici, unos cinco, sin correr demasiado.

—Ajá. *Je comprends.* O sea, que desde aquí…

El hombre preguntaba por otras pequeñas sendas, por desniveles, por pozos o lugares peligrosos…

Parecía, de verdad, un profesional muy pendiente del detalle.

Trajeron los platos y Álex se enteró de que el hombre iba a devorar un trozo de animal cubierto por una salsa de color extraño. Como le solía ocurrir en esos casos, se imaginó hablando con la vaca o la ternera antes de que fuera convertida en filetes y se sobrepuso a la pena.

Colocó una porción de su sándwich en la silla donde estaba sentado Romeo. ¡Le rugían las tripas!

Por suerte, el investigador parecía estar también hambriento, así que no hablaron mucho durante la cena, y los temas fueron anecdóticos:

—¿Y cómo has dicho que se llamaba tu hermana?

—Se sigue llamando, supongo.

—Claro, sí, *pardon*. ¿Cómo se llama?

—Todos la llamamos Erre.

—¿Erre? ¿Eso es un nombre?

—No, claro. Pero la llamamos así porque es rubia y de pequeña era risueña, revoltosa y respondona, se cogía rabietas y gateaba como un rayo; es un poco rara y tiene opiniones radicales sobre las cosas, casi revolucionarias.

—Entiendo… Supongo que tendrá la nariz respingona.

—¡Qué va! Es recta como una regla.

Acabada la cena, retiraron los platos y el señor Perrault sacó de nuevo su libreta. Preguntaba al chico y este respondía con detalle:

—La abuela viste como le da la gana. A veces se pone vestidos largos como si fuera de fiesta. Otras, pantalones vaqueros o cortos, con cazadoras o jerséis. Siempre lleva zapatillas de deporte, eso sí, porque le gusta mucho andar y escalar y subir a los árboles.

El investigador asentía mientras tomaba notas:

—Ajá... Zapatillas de deporte... Eso es *important*.

—¿Por qué es importante?

—*Garçon*, en este mundo de *l'investigation* cada detalle importa, y yo he visto ya muchas cosas. Por ejemplo, si mañana se encuentran unas piernas sueltas en medio del bosque, y llevan zapatillas de deporte, casi seguro que serán de tu abuela, ¿no? ¿Y tu hermana?

—Mi hermana, ¿qué?

—Cómo iba vestida...

—Ah, mi hermana siempre viste lo mismo, vaqueros y camisetas.

—¿Y nada más?

—Supongo que sí, pero por dentro; ya sabe, braguitas y cosas así. Mi madre siempre le dice que se ponga un jersey cuando hace frío, pero ella ni caso. Le da igual que sea verano que invierno.

—Y deportivas, ¿no?

—No, sandalias. Deportivas solo cuando nieva.

El gato murmuró y Álex se inclinó hacia él. Bisbisearon, y al señor Perrault le dio la impresión de que hablaban. El chico se alzó y dijo:

—Ah sí, es verdad. Siempre lleva una mochila por si se encuentra algo interesante en el bosque, y esta tarde llevaba un gorro rojo.

—Mochila, gorro rojo... Bien, bien... Es importante para identificar sus restos. Los gorros son *essentiels;* cuando se pierden las cabezas, suelen tener trocitos de carne y cabellos adheridos.

Álex sintió un escalofrío al pensar en esa imagen, pero se dijo que ese hombre exageraba. Además, tuvo la impresión de que ese individuo deseaba que esas cosas ocurrieran en realidad.

Perrault levantó la cara de su cuaderno y siguió su interrogatorio:

—Bueno, y a todo esto, ¿qué pasa con el *grand-père?*

—¿Qué *gramper?*

—*Le grand-père*, el abuelo. Un abuelo es el marido de una abuela.

—Ah, ya... No existe.

—¿Murió también?

—¡Y dale! Usted siempre pensando en gente muerta. Ese abuelo nunca existió. La abuela es soltera.

—¿Una abuela soltera? ¡Qué *choses* hay que ver! ¿Y cómo es que tus padres dejan que tu abuela viva sola?

—Siempre ha sido así. Y además, vive con un perro y otros animales.

—Por el momento, nos olvidaremos del *chien*. Habrá sido envenenado.

—¡Qué manía! El perro está bien. He hablado con él.

—¿Cómo?

—Quiero decir que le he visto. El perro está bien.

—¿Y tenía manchas de *sang...*? En los colmillos, por ejemplo.

—¿Manchas? ¿Por qué iba a tener manchas de sangre?

—*Mon ami*, si un asaltante asesina a tu abuela, es de suponer que el perro la defendería a dentelladas, ¿no te parece?

—¿Argos? ¿A dentelladas? ¡Qué gracia...! Cuando comenzaron los gritos y ocurrió lo de la sangre, se escondió en la cuadra.

Nada más decir esto, Romeo golpeó con una pata la pierna de Álex. El señor Perrault alzó la cabeza de la libreta y preguntó:

—¿Gritos? ¿De quién? ¿Y cómo sabes que se escondió?

Álex se puso colorado. Había hablado más de la cuenta y soportó la mirada inquisitiva del señor Perrault, que le advirtió:

—Chico, en una investigación de este calibre, con cuatro personas desaparecidas y *sang* de por medio, lo importante es la *verité*. Mi lema es «No omitir nada. Que no sobre nada». *Tu comprends?*

—Sí.

—Bien. Tacho lo de los gritos y lo de que se escondió.

—Lo de que se escondió, no.

—¿Por qué lo sabes?

—Porque seguía escondido cuando llegamos allí Romeo y yo.

—Claro, el *chien* es un cachorro, ¿no es así? ¿Y de qué raza?

—No es un cachorro. Tiene diez años, dos menos que yo. Y es un pastor normando. Pesa unos sesenta kilos.

—Y sigues afirmando que esa bestia salvaje se escondió…

—Sí, bueno… No sé…

El señor Perrault siguió anotando en su libreta y se quitó una hebra de carne de entre los dientes. Hizo con ella una pelotilla y se la llevó de nuevo a la boca. A Álex le dio asco. El hombre siguió:

—Luego hablaremos sobre tus padres, pero ahora tenemos que volver al lugar del crimen. Y reconstruir los pasos de las víctimas.

Álex pensó que aquello era mucho más largo de lo que esperaba. El investigador no parecía tener prisa, pero debía de ser tarde y tenía ganas de saber de sus padres. Y además estaba harto de que ese hombre solo hablara de crímenes y asesinatos. Se atrevió a decir:

—Voy a tener que irme. Es tarde.

Como si no hubiera oído a Álex, el señor Perrault preguntó:

—¿A qué hora salió tu hermana de casa?

—No lo sé.

—¿Cómo que no? Eso es *fon-da-men-tal* para saber si fue asesinada antes o después que la abuela.

—Pero ¿quién ha dicho que mi hermana haya sido asesinada?

—Esto es un asesinato múltiple, *mon petit enfant*. Está clarísimo. Y ya sabes que para que sea múltiple tiene que haber más de uno. Dos o más. ¿No me dices que son cuatro los desaparecidos?

—Sí, pero una cosa es desaparecido y otra cosa…

—O sea, que anoto que no sabes la hora.

—No. Digo, sí…

—Pero ¿seguro que fue a casa de la abuela?

A Álex le parecía que aquello no tenía mucho sentido. Los métodos de ese investigador parecían más bien extraños. Respondió aburrido:

—Seguro.

—¡Una respuesta mecánica! ¡Concéntrate, chico! Otro de mis lemas es «*Concentration et précision*».

¿Cómo podemos *savoir* que *ta soeur*... Erre... llegó a la *maison* de la abuela?

—Vi la cesta. Estaba en la cocina.

—¿Comprobaste su contenido? ¿No sería una cesta distinta? ¿Incluso una cesta olvidada por el asesino?

—¿Pero qué asesino? Mi abuela solo ha desaparecido, y eso le pasa de vez en cuando. Una vez se fue a hacer vivac en medio de una nevada durante tres días. Y otra...

—Negar las desgracias, hijo, es humano. Pero resolver un crimen es una cuestión de *justice*, y esta es la tarea de un *investigateur*. ¿Alguna vez han desaparecido los miembros de tu familia? ¿Todos a la vez?

—No.

—¿Y es frecuente que en tu familia encontréis *sang* en los suelos y en las sábanas? Me refiero a charcos y regueros de *sang*...

—Bueno, tampoco. ¡Pero tampoco eran charcosss! Un charquito...

—El tamaño no importa. Cuando hay *sang*, hay *sang*. Volviendo al asunto, ¿cómo podemos saber que Erre fue a casa de la abuela?

—¡Porque me lo dijo Lobo!

—¿Lobo? ¿Qué lobo?

Romeo dio unas pataditas en la pierna de Álex, pero este las ignoró. Estaba harto de esa cháchara y tenía ganas de irse a casa, así que se levantó mientras el señor Perrault hacía anotaciones en su cuaderno.

Cuando acabó de escribir, el investigador se sorprendió al ver de pie al chico, y con los ojos desorbitados dijo:

—Esto es muy revelador… O sea, que tenemos un *loup*.

—No, no tenemos *lup*.

Álex estaba agotado. Y pensar que mañana debía ir al colegio…

—¡Lo has dicho! Dijiste que «se encontró con un lobo».

—¡No! Dije «porque me lo dijo Lobo».

—Pero ¿quién es Lobo?

—¡Pues un lobo!

—¡Pues lo que yo decía! ¡Hay un *loup!*

—Bueno, sí, hay un lobo, pero no tiene que ver con que mi abuela y mi hermana hayan desaparecido. También hay una gata, y un cuervo, y varias gallinas, unas cabras, una mula y un perro. ¿Y qué?

Romeo se tapó los ojos con las patas. Aunque solo entendía lo que decía el chico, pensaba que estaba perdiendo los nervios y que esa conversación se iba a prolongar toda la noche. ¡Ahora, ese señor iba a preguntar por todos los animales del bosque!

Romeo se equivocó. Perrault cerró su libreta, guardó el bolígrafo y se levantó. De repente, cayó en un mutismo sorprendente. Álex aprovechó para recoger a Romeo de la silla y siguió al *investigateur,* que salió del restaurante después de inclinar la cabeza ante los camareros y decir en un tono misterioso y con un hilo de voz:

—Ya saben... *L' addition...*

El aire fresco resultó reconfortante. Álex inspiró profundo. Le dolía la cabeza y se notó cansado. Debían de ser cerca de las once.

Perrault se subió el cuello de la chaqueta y sujetó su cartera bajo un brazo. Tendió su mano y dijo solemne mientras estrechaba la de Álex:

—Lo siento, *garçon.* Hay golpes duros en la vida. Otro de mis lemas es «Valor y coraje». Debes aprender a afrontar *la vérité.* Mi pésame a la familia, especialmente si el único que queda eres tú.

Y, diciendo estas palabras, el señor Perrault se despidió.

A Álex aquello le parecía una pesadilla. Mientras veía cómo Perrault se alejaba, cayó en la cuenta de su cansancio y del largo recorrido que tenía que hacer hasta casa con Romeo en brazos. Gritó:

—Pero, oiga... ¿No nos va a llevar a casa?

El señor Perrault se volvió hacia ellos con una mano sobre su frente, como si de repente hubiera olvidado alguna cosa. Volvió:

—Ah, lo siento... Se me ha hecho *trop tard* y tengo que terminar *mon investigation* en casa. Creo que no podré acercarte esta noche. Pero toma... Esta es mi tarjeta por si necesitas algo. Cualquier cosa que pueda hacer por ti, ya sabes... ¡Como si fuera un padre para ti!

Álex recogió la tarjeta y contempló cómo el hombre desaparecía.

No se lo podía creer.

Romeo, que no entendía ese ir y venir del hombre, preguntó a Álex:

—¿Qué ha dicho? ¿Qué te ha dado?

Álex, a la temblorosa luz que salía del restaurante leyó a Romeo la tarjeta que el hombre le había entregado:

La Verdad por Delante
(Diario de los Viernes)
Charles Perrault
Periodista-Director-Investigador-Etcétera

—¿Tú sabes qué significa eso, Álex?

—No tengo ni idea, pero hoy es...

—... jueves.

A Álex le pareció que había pasado un siglo desde que su madre le pidió que fuera a casa de su abuela a buscar a su hermana.

Estaba agotado. Destrozado. No se sentía con fuerzas de llegar a casa.

Entró al restaurante donde habían cenado y se dirigió a los camareros:

—Por favor, ¿alguien nos puede llevar en coche cerca de nuestra casa? Está por la carretera de Las Dehesas.

10

UN MONTÓN DE RECUERDOS

Cuando el despertador sonó a las ocho menos cinco, Álex tuvo la sensación de que estaba más cansado que cuando se acostó. Y eso que cuando se acostó estaba muy, muy cansado.

También seguía muy, muy enfadado, en parte consigo mismo, porque estaba harto de pensar. ¡Era tonto, tonto y requetetonto!

A la hora del desayuno el ambiente era tenso, así que nadie habló mucho por no estropearlo más.

Álex recordó que la víspera, cuando todos se encontraron en casa pasadas las doce, papá había discutido con mamá, él había reñido con Erre, Julieta se había enfadado con Romeo, y la abuela, que fue la causante del lío, se había dormido en el sofá en aquel maremágnum mientras repetía entre sueños: «Chicos, no discutáis...».

Como todas las mañanas laborables, y era viernes, papá preparó la furgoneta para llevar a Erre y a Álex al colegio. Los hermanos no se habían dirigido la palabra. Álex seguía opinando que Erre era una inconsciente y Erre pensaba de Álex que era un exagerado y un agonías, siempre preocupado por todo.

El cuervo, que no perdía ocasión de estar informado de lo que sucedía en el bosque, esperaba en la rama de un árbol próximo. Cuando vio salir a los chicos, revoloteó por encima de sus cabezas y parloteó:

—¡Hombre...! Ya está la familia junta. O sea, que el lío de ayer fue solo una falsa alarma... Crj, con lo aburrida que es la vida en el bosque. ¿Nadie me va a contar con plumas y señales lo que pasó?

Erre se lo habría contado, divertida, pero no quiso hacerlo por no enfadar más a su hermano.

También Álex se lo habría contado, indignado, pero no quiso hacerlo para que su hermana no se riera de él.

—O sea, ¿que os vais sin contarme nada? Los humanos sois unos desagradecidos, crj...

El chico subió a la furgoneta. Se sentía un poco idiota. ¡Tanta agitación, por nada! Si al menos Erre se hubiera torcido un tobillo, o la abuela hubiera tenido una crisis de insulina, todo se justificaría. Álex, que leía bastante, recordó la fábula del parto de los montes.

Su padre arrancó, camino del pueblo.

Y Álex se dedicó a contemplar el camino, ese mismo camino que había recorrido la víspera, con sus preocupaciones, su cansancio, el eco de las palabras del investigador chalado…

Álex recordó que cuando el coche de uno de los camareros les dejó a él y a Julieta (¡al final era Julieta!) en el cruce, no dejaba de pensar en que una desgracia irreparable había sucedido a toda la familia.

Pero al llegar al claro del bosque se tranquilizó al ver que la furgoneta familiar estaba aparcada en la puerta.

Lobo, que merodeaba por allí, fue el primero en acercarse:

—Ah, la fortuna… Tu familia acaba de llegar. Y están todos sanos, salvos e indemnes, como pude ver mientras salían del coche. Un feliz encuentro, después de tantos desvelos…

Luego se acercó el cuervo:

—Crj... Sí, sí... Entras a ver qué ha pasado y luego me lo cuentas, ¿vale? Yo espero aquí. ¡Tengo tanto que explicar a mis colegas!

Álex entró contento por saber que no había ocurrido nada grave, pero nada más dejar a la gata en el suelo y oírla mientras subía las escaleras tuvo la sensación de que allí iba a producirse más de una discusión:

—Romeo, miserable, esta me la vas a pagar...

Álex bajó de la furgoneta sin esperar a su hermana.

Tampoco tuvo ganas de esperar a sus colegas a la puerta del colegio. No le apetecía hablar con nadie.

Subió a clase, colgó el abrigo en la percha y se sentó en su pupitre.

Mientras la clase se llenaba de compañeros, revivía lo ocurrido la víspera y rumiaba su venganza. ¡Alguien tenía que pagar por ello!

Álex recordó que al entrar al salón la tensión se mascaba como un chicle. Su madre saludó desde la cocina como si nada hubiera pasado:

—¡Hola, hijo! Se nos ha hecho un poco tarde para cenar hoy, eh...

Su padre ponía orden en el salón, lo que solía hacer cuando estaba muy enfadado. Fue el único que se acercó a saludarle y mostró interés por saber dónde había estado:

—¡Hola, Álex! Menos mal... Vimos la nota que dejaste, pero no sabíamos dónde buscarte. Acabamos de llegar. ¿Dónde estuviste?

Su abuela y su hermana estaban sentadas en el sofá, calladas y muy tiesas, con las manos en el regazo, como solían hacer cuando esperaban una bronca o se sentían muy culpables.

Desde luego, no había restos de sangre ni en su ropa ni en sus zapatillas. Por lo menos, grandes cantidades de sangre.

Álex preguntó:

—Pero ¿qué ha pasado?

Entró la profesora de matemáticas. Álex sacó con pereza su cuaderno y su libro. Sentía sueño y no tenía ganas de estar allí copiando apuntes sobre «Fracciones generatrices de decimales periódicos».

¿A quién le importaba ese tostón?

Puso cara de estar atento, pero se dedicó a recordar...

Álex recordó que al comienzo nadie le dio explicaciones claras sobre lo ocurrido. Papá y mamá se enzarzaron en una discusión:

—¡Otra gracia de la abuela, que es una inconsciente!

—Oye, oye, que es mi madre.

—Tú también eres una inconsciente si la defiendes. Podía haberse despeñado, igual que Erre. ¿Recuerdas al último montañero que cayó por el Pico de los Huesos? Tardaron cuatro días en encontrarle.

—Papá, no exageres.

—Y tú, cállate, niña. Fueron tres días, pero ¿qué más da?

—Bueno, yo sigo con la tortilla, que si me descuido se va a quemar.

Al principio, Álex no se enteraba de nada. ¿Por qué la abuela y Erre habían ido al Pico? ¿Y qué tenía que ver eso con la sangre?

Cuando la profesora encargó ejercicios, Álex copió los enunciados.

Podía seguir pensando en sus cosas. Los resultados eran evidentes: 42/99, 103/990 y 1024/900. No necesitaba ni calcular y no entendía cómo la profesora daba diez minutos para hacer esos problemas. Así que él se dedicó a lo suyo… A recordar…

Álex recordó que estaba tan cansado que se sentó en el sillón, y que tardó en enterarse de cómo había comenzado todo, porque mientras su padre hablaba, la abuela y Erre le interrumpían a cada frase:

—Poco después de irte, Satur, el vecino, se presentó diciendo que Erre y tu abuela trepaban por el Pico de los Huesos. Ya sabes que tu abuela tiene a todos sorprendidos con sus hazañas.

—Uy, la gente se sorprende por nada...

—Tu madre y yo agarramos la furgoneta, asustados, sin tiempo de dejarte una nota. Queríamos subir a Navalta, a poca distancia de la cumbre, pensando que estas dos chaladas harían el camino fácil. Temíamos que se hiciera de noche mientras subían.

—Ni nos dimos cuenta de que iba a ser de noche.

—¡Ya...! El sol se había puesto. Y ellas, en lugar de ir hacia la carretera, donde les hacíamos señales con las linternas y las luces del coche, se desviaron hasta las cuevas que se veían a gran altura.

—Os gritamos para decir que íbamos a ir por allí. Que nos esperarais.

—Estaban lejos y no se entendía nada. No llevaban linterna. Iban en zapatillas y sandalias y tu abuela, además, cargaba una escopeta al hombro y una gallina en la cintura. Las veíamos aterrados, pensando que se despeñarían. Desde las cuevas de las águilas hasta el fondo del barranco hay un desnivel de por lo menos doscientos metros.

—Hombre, no es para tanto…

—¿Que no…? Claro, como tu madre y tu hija pueden volar…

La profesora de mates llamó la atención a los distraídos, entre los que se encontraba Álex, y sacó a alguien a resolver los ejercicios en la pizarra, lo que llevó otros quince minutos.

Aquello era aburridísimo. Álex bostezaba y siguió recordando que poco después la abuela y Erre dieron sus explicaciones.

Álex recordó que la abuela y Erre contaron que se entretuvieron en las cuevas porque tenían una cosa muy importante que hacer:

—Teníamos que hablar con las águilas.

—¡Claro! Yo estaba harta de que los aguiluchos y sus padres sobrevolaran la casa. Eso asustaba mucho a las gallinas.

—Es verdad. Las gallinas estaban aterrorizadas. Ni ponían huevos.

—Un día me lie a tiros con las águilas. No disparaba a dar, la verdad, pero quería hacer ruido para asustarlas. Pero ellas venga a volar por encima, como si no hubiera otro sitio para entrenar a los aguiluchos.

Sonó el timbre dando por acabada la clase de matemáticas, de la que Álex no se había enterado de nada. Copió en el cuaderno los deberes, calculó mentalmente los resultados, los anotó a medida que escribía los enunciados y esperó a que entrara el profesor de dibujo.

Sobre la cabeza de Álex voló una pelotilla, y él miró hacia atrás para avisar a los compañeros: «No estoy para bromas».

Todos sabían que Álex era simpático, pero cuando no estaba para bromas, lo mejor era no molestarle.

El profesor de dibujo encargó trabajo, solos o en parejas: cubrir una cartulina con cera de color; después, raspar para que el negativo mostrara una escena campestre o un retrato, lo que quisieran.

Álex, que no estaba para bromas ni para amigos, decidió hacerlo solo.

Eligió la cera negra.

Álex recordó que a esas alturas aún no sabía qué tenía que ver el asunto con la sangre, pero no tardó mucho en descubrirlo. Ahora, reconstruyó la escena como si fuera una película...

Un aguilucho cazó una gallina junto a la casa, mientras las demás gritaban despavoridas. La

abuela persiguió a gritos a la cría, que soltó la presa. En ese momento, Argos se escondió en el cobertizo.

La abuela agarró la gallina pensando que podría hacer algo por su vida, pero pronto comprobó que no. El animal se desangró por la casa y dejó un charco de sangre junto al armario, mientras la abuela buscaba la escopeta y la munición.

Para cargar el arma y meter cartuchos en la recámara, la abuela dejó el cadáver sobre la cama. Luego, tomó la gallina y la escopeta y salió decidida a dar un escarmiento a las águilas.

Entonces, llegó Erre con la cesta y preguntó a la abuela qué sucedía. Cuando esta se lo contó, la chica tuvo la *genial* idea de ir a hablar *personalmente* con las águilas que anidaban en la montaña.

¡Ella las convencería de que no cazasen por allí!

Y, ni cortas ni perezosas, emprendieron el camino, sin darse cuenta de que estaba a punto de atardecer. Erre fue monte a través con la bici, hasta que no pudo seguir con ella, y la dejó oculta tras unos arbustos.

La abuela fue pegando tiros un rato. Esos fueron los disparos que escuchó Álex al llegar a la casa.

Lo demás, ya no era necesario que se lo explicasen.

¡Por eso Alanegra cacareaba que había sido una tremenda desgracia!

Las gallinas no estaban tan locas como parecía.

Pero estaba claro que la abuela y Erre eran unas inconscientes.

El profesor recorría las mesas para revisar el trabajo de los alumnos. Al llegar a la de Álex se sintió extrañado y preguntó:

—¿Qué quieres dibujar?

—Una gallina.

—¿Una gallina? Parece más bien una bolsa. No tiene forma…

—Es que es una gallina muerta.

El profesor miró extrañado a Álex. Pensó que en un par de años, como mucho, debía dejar de dar clases.

11

UNA NOTICIA ALUCINANTE

Durante el recreo, Álex no dejó de cavilar.

Por suerte, la teoría del investigador había resultado descabellada. Las piernas de la abuela continuaban en el lugar acostumbrado, y Erre seguía con su gorro y todos los cabellos en su sitio.

«¡Vaya tipo raro!», se dijo. Y en ese momento, se olvidó de él.

Durante la clase de Inglés, en la que se encargó primero una lectura y luego una traducción, se dedicó a buscar sinónimos de venganza.

Venganza: represalia, desquite, castigo, revancha, desagravio…

¡«Revancha» era la palabra más adecuada!

Se tomaría la revancha contra su hermana.

Revenge! To get one's revenge!

Esta vez, se divirtió pensando. ¿Rajaría las ruedas de su bici? ¿Cortaría en tiras sus braguitas preferidas cuando estuvieran en la cuerda de tender? ¿Echaría pimienta en sus sábanas? ¿Contaría a sus amigas que estaba enamorada del profesor de gimnasia…? Todo le parecía poco.

Algo pensaría y Julieta sería su cómplice. Ella tampoco lo había pasado bien. También estaría encantada de *to get revenge*.

Al final de la mañana, Álex ya tenía cara de estar para bromas y se divirtió con sus amigos. Además, iban ya a salir y era viernes.

Por fin acabaron las clases.

Fuera, Álex y sus amigos se extrañaron al ver una agitación inusual. Muchos padres habían ido a buscar a sus hijos al colegio y el patio estaba lleno de rostros preocupados y mamás que cuchicheaban.

Oyó alguna palabra que le extrañó, aunque no hizo caso. Al salir del colegio y torcer una esquina encontró un vendedor que voceaba. Repartía hojas y fue a tomar una. Se quedó paralizado al leer:

Nº 082

La Verdad por Delante

EL DIARIO DE LOS VIERNES

EJEMPLAR GRATUITO

DIRECTOR, REDACTOR, INVESTIGADOR,
ILUSTRADOR, MAQUETADOR Y ENTREVISTADOR:

Charles Perrault

TRAGEDIA EN EL BOSQUE

Un feroz lobo acaba con la vida de una ancianita desvalida y de una inocente niña.

La tranquilidad de nuestra ciudad y de los pueblos vecinos se ha visto rota por la visita de un animal despiadado, un lobo.

Según ha podido saber nuestro reportero en el lugar del crimen y a través de testigos directos de los hechos, este desgraciado suceso se produjo ayer jueves. La identidad de las víctimas se mantiene en secreto para no entorpecer las investigaciones policiales y por respeto al dolor familiar.

El relato de los hechos es estremecedor. Al parecer, la pequeña R. recibió el encargo de su madre de llevar una cesta con provisiones a la casa de su abuela convaleciente, a corta distancia de la suya. Lo que no sabía la tierna niña era que los ojos astutos y salvajes de un lobo la acechaban entre los arbustos mientras salía de su hogar. Conocedor de los senderos del bosque, el fiero animal se adelantó a su camino mientras ella se entretenía en recoger avellanas y flores para su abuelita enferma.

Antes de que llegara la niña, el lobo entró en la casa de la abuela. La sorprendió en la cama y la devoró en pocos segundos, dejando en el escenario un terrible rastro de sangre y vísceras. Para ocultar su crimen y hacerlo aún más cruel, el pérfido animal apagó las luces de la casa y esperó a la niña en la cama, cubierto por las sábanas.

Cuando la joven C. R. entró en la casa, se aproximó al lugar donde suponía que descansaba su abuela, subió a la cama para dar un beso a su abuelita enferma y fue devorada por el animal.

Se teme que este no sea el único de los crímenes de esta detestable fiera. Vista su afición por las mujeres, en particular ancianas y jovencitas, se ruega a las familias que los próximos días extremen las precauciones con estos miembros más desvalidos del género humano.

Les tendremos informados.

EL LOBO, ese peligroso extranjero

Los lobos suelen ser negros, de ojos encendidos y astutos, dientes grandes y blancos, con un pelaje brillante, veloces, silenciosos y despiadados con sus víctimas.

No viven entre nosotros, sino que vienen de lejos. Se comen nuestras gallinas, nuestras cabritas y nuestros terneritos y, si tienen oportunidad, no dudan en asaltar huertos para devorar coles, nabos, tomates y otras hortalizas, a pesar de que son voraces carnívoros.

Se dice que algunos se disfrazan bajo la apariencia de humanos. Los hombres-lobo engañan a sus víctimas haciéndose pasar por seres inofensivos.

¡Tenemos que expulsarlos de nuestras tierras!

El chico no podía dar crédito. De no haber conocido a Perrault y comprobado que era una persona de carne y hueso, habría pensado que aquello era una broma.

Pero no lo parecía.

Por lo menos, no se lo parecía a muchos habitantes de la ciudad, que se miraban unos a otros con miedo en los ojos, mientras cuidaban de que sus hijos estuviesen cerca.

Al comienzo, Álex se indignó con él: «¡Esa basura de investigador! ¡Ese mentiroso! ¡Ese indecente, que escribe las noticias como le da la gana!».

Luego, se enfadó consigo mismo: «¡Mira que haber confiado en él!».

A continuación, la tomó con su hermana: «¡La culpa es suya! ¡Me tuvo toda la noche preocupado! ¡Se va a enterar…!».

Pero hasta pasado un rato no cayó en la cuenta: «¿Y Lobo? Le han echado la culpa a él, que es inocente; y ahora, ¿lo perseguirán por el bosque? ¿Lo meterán en una jaula? O, lo que es peor: ¿lo matarán?».

La calle y la plaza estaba llena de murmullos que comentaban la noticia, la gente se preguntaba en qué parte del bosque habrían sido esos ataques y quiénes habrían sido las pobres víctimas.

Otros, sin embargo, hablaban de esa noticia con cautela:

—Pues mi primo, que es policía, no me ha comentado nada del asunto. A lo mejor no es en los bosques de aquí, sino de otro pueblo.

—Habrá que escuchar las noticias en la radio.

Álex corrió hacia la puerta del colegio y gritó:

—¡Erre! ¡Erreee…!

No tardó en encontrarla. Puso el gesto serio que solía poner cuando quería decir algo importante y la separó de su grupo de amigas. Le enseñó el periódico, ella lo leyó y al final dijo:

—¡Qué barbaridad! Pobre niña y pobre abuela…

—Pero ¿eres tonta o qué?

—¿Es que te parece bien que se las comieran?

—Eres boba… Está hablando de ti. Tú eres R. ¿No te das cuenta? Y la abuela es la abuela. Y el lobo es Lobo.

—Pero si a mí no me han comido…

—¡Pues claro! Es que esta noticia es mentira.

—Y si es mentira, ¿por qué la publican?

—Debemos irnos. Te contaré por el camino. Lobo está en peligro.

Erre y Álex no tenían que esperar a su padre. El regreso del colegio solían hacerlo andando, excepto en los días de tormenta.

Álex le contó con pelos y señales lo que ocurrió desde que fue a casa de la abuela hasta que volvió, deteniéndose especialmente en la charla con Perrault, ese individuo que fue transformándose poco a poco en director de hospital, en investigador y, al final, en mentiroso.

Erre no hacía más que preguntarle por una cosa y por otra.

Y Álex respondía dándole más y más detalles.

A medida que avanzaba la charla, los hermanos llegaron a la misma conclusión: Álex se había comportado como un bobo, confiando en alguien que decía ser periodista pero que era un embaucador.

Dejaron atrás el camino de Las Dehesas para tomar el sendero que llevaba a su casa cuando Cuervo apareció volando:

—Crj… ¡Ya era hora! ¿Así que ya estamos de fin de semana y podemos charlar tranquilos? Mis amigos y yo esperábamos con impaciencia.

Decenas de cuervos estaban posados en los cables de la luz, esperando las noticias que Cuervo les había prometido.

Álex, que ya había experimentado los desastrosos resultados de que corrieran bulos, susurró al animal cuando se posó cerca de su oído:

—Mira, Cuervo... Prometo que te lo contaré y serás el primero en saberlo, pero no ahora. Es un secreto y necesito tu ayuda.

—Crj... ¿Eso significa que el caso sigue abierto? ¿Todavía no tenemos un final lo bastante claro?

—Eso es... Y tú puedes ayudar a resolverlo.

Cuervo se dirigió a sus congéneres:

—Crj, crj... Sin noticias, chicos. Alto secreto. Caso no cerrado.

Los pájaros abandonaron los cables volando en todas las direcciones y protestando:

—¿Y para esto llevamos horas sin comer?

—Ya no te puedes fiar ni de las noticias podridas...

A la entrada de la casa, Álex pidió al cuervo:

—Tienes que encontrar a Lobo, no importa donde esté escondido. Es una tarea esencial y no debes avisar a nadie, ¿eh?

—Crj... ¿Alto secreto?

—¡Súper-máximo secreto! Cuando todo pase, podrás hablar de ello.

—Crj... Buena misión para el pájaro más fiel y hábil del bosque. Volveré con Lobo aunque tenga que traerle a rastras.

—¡No! No llames su atención. Pero cuando le encuentres, avísanos.

—Crj... ¡Eso está hecho!

La madre se alegró al ver a sus hijos tan dicharacheros y cómplices. «¡Todos los problemas acaban por arreglarse!», pensó.

Los gatos, que dormitaban en un sofá, bien alejados uno del otro, se desperezaron al oír a los chicos y estiraron sus orejas para no perder ni una palabra de las conversaciones.

Álex y Erre enseñaron a su madre el periódico. Tras explicar durante la comida el asunto del truculento periodista, la madre preguntó:

—Pero ¿este lobo del que hablan es nuestro Lobo?

—Ya ves...

—¡Pero si Lobo es vegetariano! ¡Si abre las lechugas antes de comérselas para comprobar que no haya caracoles!

—Así son las noticias.

—Vaya, vaya... Pues esto sí puede ser un grave problema... No sé yo si va a tener arreglo.

Los tres convinieron en que la noticia representaba un serio peligro para Lobo. Mucha gente estaría alarmada.

12

Un invitado sorpresa

Estaban acabando el postre cuando los golpes de un pico en el cristal llamaron su atención. Álex salió afuera. Era el cuervo, claro.

—¿Has encontrado a Lobo?

—¿Lo dudabas? Fue un largo viaje, crj... Primero fui a...

—Cuervo, haz el favor de llevarme...

—Volando...

Álex y Erre se disculparon por no recoger la mesa y siguieron al pájaro. Él fue en bici ante la rabia de Erre, que no había podido aún recoger la suya, y el chico sonrió; eso era parte de su *revenge*. Cuervo volaba un trecho y los esperaba en una rama. Protestó:

—Crj… A este paso no llegamos… Lobo se habrá ido y tendré que tomarme el trabajo de volver a buscarle, crj… ¡Qué lentitud!

—Es la hora de su siesta. No creo que se mueva mucho.

En el último trecho, antes de bajar hasta la ribera del río, Álex dejó la bici y Erre les alcanzó jadeando al llegar a una umbría, donde los robles estaban cubiertos de espesos líquenes.

—Crj… Estaba por aquí… Debe de haberse ido, crj… Sois tan lentos…

Álex silbó: «Suíi-ui-uíii» y al poco se oyó un aullido: «Ouuuú…».

Lo encontraron a pocos pasos del agua, en un rincón soleado, sobre un lecho de margaritas silvestres. Lobo se levantó, contento:

—¡Vaya…! ¡Felices los ojos…! Las tertulias de sobremesa son las más apetecibles. Pensaba hace un rato qué habría ocurrido…

—Lobo, tienes que irte. No te puedes quedar aquí…

—Ah, pero este es un lugar agradable. ¿Preferís sombra?

—¡No es cuestión de sol o de sombra! Tienes que marcharte.

—¿Irme? Pero ¿adónde? ¿Y por qué?

Álex y Erre se miraron. En realidad, ¿qué lugar del bosque era más seguro que cualquier otro lugar del bosque? Erre fue rápida:

—¡Tienes que venir a casa!

Los ojos de Lobo se iluminaron y en su boca se dibujó una mueca que parecía una sonrisa:

—¿Queréis decir a vuestra casa? ¿Habéis apreciado las ventajas de tener un lobo doméstico? Ah, qué dulce destino el mío...

Regresaron a casa. Cuervo preguntó tanto y con tanta insistencia que al chico no le quedó más remedio que hacerle un breve resumen de lo que había ocurrido con Erre y con la abuela.

Fue difícil que entendiera por qué Lobo estaba en peligro. Simplemente le dijo que en el pueblo se le había echado la culpa de la desaparición de las dos.

Cuervo hizo su propia interpretación:

—Por eso queréis adoptarle como lobo doméstico, ¿crj? Para que se vea que le seguís queriendo...

—¡Eso es! Pero de esto, ni palabra a nadie, eh. Nadie tiene que saber que Lobo está en casa.

—Pero, chico... ¿Alguna vez has dudado de mi discreción?

—Sí, la verdad. Le das demasiado al pico.

—Lo que ocurre es que soy un pájaro social.

—Por favor, Cuervo. Por lo menos, estate callado una semana...

—Crj... Te juro que no diré a nadie que Lobo está domesticado, crj, crj.

—Ni en nuestra casa.

—Ni en vuestra casa, crj.

Álex se revistió de valor para hablar con su padre. Cuando el padre leyó el periódico, estalló de ira. Y opinó, como el chico, que Lobo estaba en peligro y que había que sacarle del bosque unos días, hasta que el asunto se aclarase. También dijo que debían hablar cuanto antes con ese periodista y exigirle una rectificación.

Pero al saber que Erre y Álex querían que Lobo se escondiera en casa, consideró que aquello iba demasiado lejos.

—¡Estáis locos! Eso me faltaba... Ya tengo bastante con las chaladuras de la abuela... ¡Ni hablar! ¡Y no quiero saber más del asunto!

Álex argumentó: cualquiera se consideraría con derecho a matar a Lobo. Se organizarían batidas de caza. Se ofrecerían recompensas por su piel. La gente haría llaveros de recuerdo con sus dientes...

—He dicho que no... ¡Es mi última palabra!

Lobo olía a una mezcla de pies humanos sudados, lana húmeda y almendras amargas. Olía a lobo a mucha distancia, sobre todo si el que seguía su pista era un perro rastreador.

Por eso, lo primero que hicieron fue bañarlo.

Lo metieron en el enorme balde que la madre utilizaba para poner la colada en remojo y lo frotaron bien con agua y con jabón.

Restregaron sus dientes con un cepillo de lustrar zapatos, aún por estrenar, y con dentífrico mentolado que a Lobo le supo a gloria.

Y después de peinarlo y de que se secase al sol, lo metieron en casa.

Incluso el padre colaboró en el aseo lobuno; él sabía que cuando decía «es mi última palabra», es que daba la batalla por perdida.

Desde la ventana, Julieta y Romeo no podían dar crédito:

—¿Pero cuándo se ha visto…

—… bañar a un lobo?

No sabían los pobres lo que les esperaba. Al comprobar que todos caminaban hacia la entrada de la casa, se dijeron:

—¡Por mis bigotes! ¡No puedo creer…

—… lo que ven nuestros ojos!

Huyeron por la escalera, desde donde vieron entrar a Lobo.

¡Estuvieron a punto de desmayarse! Se miraron y llegaron a la misma conclusión: no bajarían un escalón mientras esa fiera estuviera allí. ¡Aunque tuvieran que morirse de hambre!

La tarde resultó ajetreada. Apartaron muebles para dar cabida a una vieja alfombra junto a la chimenea, sobre la que dormiría el animal. Lo más trabajoso fue convencer a Lobo de que no debía comentarlo todo, e inculcarle que la primera norma de educación de un animal doméstico era hablar solo cuando le preguntasen.

Estaban preparando la cena cuando oyeron que paraba un coche y sonaron unos golpes en la puerta.

Pidieron a Lobo que se escondiese tras el sofá y le ordenaron que no hiciera ruido por nada del mundo. Los padres salieron.

Cuatro hombres, armados con escopetas y en compañía de algunos perros, hablaron al pie de un jeep.

—Buenas noches. ¿Todo bien por aquí?

—Muy bien.

—Ya saben lo del lobo, ¿no?

—Bueno, algo hemos oído.

—Tengan cuidado. A esa fiera se la ha visto cerca. Dicen que a unos kilómetros ha matado a unas ovejas y se ha enfrentado al pastor.

—¡Vaya! Tengo la sensación de que se trata de habladurías.

—No es por alarmar, pero nuestros perros han seguido las huellas del lobo y llegan hasta su casa. Luego desaparecen, y eso es raro. Más vale que tengan cuidado. Puede que esté acechando muy cerca.

—Tendremos cuidado, pero ya digo que me parece una exageración.

Uno de los hombres se acercó peligrosamente hasta la entrada:

—Oiga, en confianza… Ya sabe que se ofrece una recompensa por la piel del lobo. ¿No lo habrá cazado usted? Si es así, nos parecería muy bien, pero si nos lo dice, nos ahorraría trabajo.

—Ni se me ocurriría salir a cazar un lobo.

—Si lo hace, está en su derecho. Si lo ve, nos avisa y lo cazamos. Podemos dividir la recompensa entre los cinco. ¿Le parece?

—Insisto en que no creo que se deje caer por aquí.

Los hombres se despidieron y subieron al coche.

Antes de arrancar, el conductor preguntó:

—Oiga, ¿qué hacen todos estos pájaros ahí…?

No esperaron respuesta. El coche se fue, camino del pueblo.

Los padres miraron extrañados hacia el sitio señalado por el conductor. Poco a poco, sus ojos se habituaron a la oscuridad.

Sobre el cable de la luz que pasaba junto al camino había decenas, cientos de cuervos. Estaban tan juntos que sospecharon que sobre las ramas de los árboles, en la negrura, debía de haber muchos más.

Entraron a la casa y llamaron:

—¡Álex, Erre, mirad…!

13

UNOS ESPECTADORES MORBOSOS

Al día siguiente, los pájaros aún permanecían allí. No había forma de quitárselos de en medio. Y lo peor era que seguían llegando.

Era evidente que de seguir así llamarían la atención de los fisgones y se iría al traste el plan de ocultar a Lobo unos días. Cualquiera podría aparecer por allí a curiosear y descubrir que la fiera estaba en la casa.

¿Qué se podía hacer? ¿Cómo conseguir que esos pájaros se fueran?

La familia estaba reunida en el salón y a nadie se le ocurría nada.

Pasaba el tiempo. Y, por si eso fuera poco problema, la habitación comenzaba a cargarse con un nauseabundo olor.

Era por Lobo. La cena de verduras cocidas, a las que no estaba acostumbrado, le provocaba mudas pero pestíferas ventosidades.

Eso explicaba el silencio del animal, que, avergonzado, no había pronunciado un gruñidito en toda la mañana.

Decididamente, ¡había que llevarse a Lobo de allí!

Como a Álex no se le ocurría nada, subió a consultar con los gatos. Al comienzo no querían hablar, pero cuando el chico explicó que deseaba sacar a Lobo de casa sin que los pájaros se enterasen, Romeo y Julieta se mostraron dispuestos a colaborar.

Los animales se miraron y pusieron en marcha su pensamiento lento:

—La mejor solución para contentar a unos curiosos...

—... a unos cotillas, sí...

—... es darles un espectáculo a medida...

—... de su curiosidad.

—Montar un circo, sí...

—... pero en otro lugar distinto.

—No entiendo, amigos. ¿Y cómo se puede montar un circo?

—Es fácil; no tienes más que preguntárselo…

—… a la abuela.

—Eso… Pregúntaselo a tu abuela.

Álex dijo a sus padres que regresaría en unos minutos. Cuervo, que no quería perder detalle de cuanto sucedía por los alrededores, volvió con sus compañeros cuando el chico le dijo enfadado desde la bici:

—No soy más que el chico de los recados. Voy por los frascos de la yogurtera. Vuelvo rápido.

Álex pedaleó a toda velocidad. Antes de llegar oyó los ladridos de Argos, que le acompañó hasta la entrada de la casa moviendo el rabo. La abuela leía una revista al sol, sentada en la mecedora del porche.

—Esto está muy animado, hijo. Han pasado por aquí varios cazadores. Hablan de un peligroso lobo, pero creo que andan despistados.

—De eso quería hablarte, abuela. Verás…

Argos escuchó a Álex, ladrando y rugiendo de indignación cuando el chico contaba la injusta acusación hacia Lobo. Tampoco la abuela ahorraba expresiones de furia hacia el periodista y los crédulos lectores, que iban más lejos del «villanos» y el «malandrines».

Finalizadas las explicaciones, la abuela preguntó:

—Así que quieres que monte un circo.

—Eso es. Un circo lejos de aquí, para distraer a los cuervos.

—Mmm… Un circo… ¡Me encantan los circos!

Cuando Álex regresó, los cuervos seguían como bichos carroñeros, esperando no se sabía qué noticias.

El salón olía a pestes, a pesar de que habían abierto las ventanas. Lobo se sentía acongojado y no tenía ganas ni de beber agua. Había perdido la esperanza de ser un animal doméstico y gruñó lastimero:

—Me iré aunque me esperen la muerte o un castigo cruel. Uno debe asumir la frustración de ser incompatible con los humanos…

El chico le consoló:

—Tranqui. Te sacaremos en cuanto se vayan esos pájaros agoreros.

—Irme, irme… Ah, un camino incierto me espera… Déjame salir ahora… Uno no puede huir de los designios del destino.

Pasaba el tiempo. La casa se llenaba de una calma tensa y una olisma densa. Desde la ventana, los gatos observaban nerviosos. Cada vez era mayor el número de cuervos, que ya no encontraban sitio

Cuervo

Le Confident

en los alambres ni en las ramas. Sus disputas por el mejor lugar desataban píos y grajeos que pronto alarmarían a quienes pasaban por allí. Era como una tormenta a punto de desatarse.

Fue Julieta quien comenzó una de sus frases:

—Como esto siga así…

Un retumbo lejano, parecido a un cañonazo, cortó la respuesta de Romeo. Abajo, fue el padre el que comenzó otra frase distinta:

—No me puedo creer que tu madre haya desempolvado…

—… el trabuco del bisabuelo.

A ese retumbo siguió otro: «¡Broumm!». Durante un rato no ocurrió nada. El bosque parecía envuelto en un silencio espeso. Los cuervos movían sus cabezas hacia la casa y hacia las montañas.

Poco después, una bandada de palomas voló en dirección al pueblo. Luego, dos formaciones de patos, volando en V, huyeron del lago y se perdieron en el horizonte. Y varias nubes de gorriones…

Se oyeron dos truenos más. Los cuervos se agitaron y algunos alzaron el vuelo sobre los árboles, tratando de ver qué ocurría en el bosque.

Los grajeos se hicieron más intensos. Los que habían abandonado su puesto se peleaban con los que lo habían ocupado; los más viejos eran empujados por los jóvenes… Aquello era un guirigay de cuidado y hasta Lobo, dentro de la casa, estaba asustado por el escándalo.

Por fin, Álex y Erre contemplaron desde la ventana algo que esperaban, aunque no sabían bien cuál era la causa.

Unos pocos cuervos se fueron de allí. Luego, otros, y otros más. Tras unos minutos, no quedaba ninguno en los alambres ni en las ramas.

Álex trataba de adivinar qué clase de circo habría montado su abuela, pero no había tiempo que perder.

Metieron a Lobo en la furgoneta, lo ocultaron con una manta y fueron hacia la casa de la abuela. Por el camino, se cruzaron con un par de cazadores que huían despavoridos. Iban sin sus escopetas.

Argos los recibió trotando. La furgoneta se detuvo ante el corral y de allí hicieron salir a Lobo.

Nada más verle, las gallinas corrieron espantadas:

—Ptac, ptac… Ya decía yo que las desgracias no vienen nunca solas.

—Ptac… Meter un lobo en un gallinero es una salvajada.

—Ptac… Esto es el apocalipsis.

Álex echó un vistazo al corral, vio que la mula no estaba por allí y condujeron a Lobo hasta el establo, en medio de protestas de las gallinas y las cabras.

Todo fue tan rápido que nadie se percató de la maniobra. Erre, que había permanecido alerta mirando hacia los árboles, aseguró:

—Ni rastro de los cuervos. Parece que se los hubiera tragado la tierra.

Lo habían conseguido, pero Álex sabía que aquello solo era parte del trabajo. Quedaba lo más difícil.

Antes de marcharse de allí, Álex habló con las gallinas para tranquilizarlas y pedirles que no alborotaran. Habló con mamá cabra para que tuviera controladas a sus hijitas. Y habló con Argos:

—Amigo, te toca vigilar este lugar. Que nadie se acerque a la casa ni se le ocurra fisgonear en la cuadra. La vida de Lobo corre peligro. ¿Qué sabes de la mula?

—Tu abuela se fue montada en ella. Yo no sé quién iba más feliz. En cuanto a Lobo, no te preocupes, porque sabré cuidar de él.

14

UNA DELICIOSA SOPA DE GATO

Entre todos, trataron de buscar la mejor solución a los problemas.

Los padres se quedarían en casa, con la furgoneta a la puerta. Nadie sabía cómo acababa un circo de la abuela y los cuervos podrían volver en cualquier momento. Debían hacerles creer que Lobo seguía allí.

Erre y Álex irían a buscar al tipejo que se hacía pasar por periodista, aunque encontrarle no iba a ser sencillo. La única pista era la taberna en la que hacía sus investigaciones. Pero Álex ni recordaba el nombre ni la calle, ni estaba seguro de rehacer el camino del hospital al restaurante.

Por eso, Julieta iría con ellos, por si encontraba un rastro que seguir.

Convencer a los gatos tampoco fue sencillo. Los dos decían ser Romeo y Álex no estaba por mirarles entre las piernas, así que dijo:

—Si venís, dejaré que arregléis el asunto del cenicero.

—¿Qué cenicero?

—Vale. Ya sé que tú eres Romeo. Tú, Julieta, prepárate...

—Pero si te aseguro que soy...

—Sí, a mí me la vas a dar otra vez. Hala, que nos vamos...

Julieta hizo el viaje bufando, como cabía esperar. Llegando al pueblo, se cruzaron con un coche en sentido contrario que se detuvo al llegar a su altura. En él iban cuatro hombres. El conductor preguntó:

—¿También huis del bosque?

—¿Huir? No. Solo vamos al pueblo. ¿Ha pasado algo?

—Aún no se sabe bien... Se oye hablar de una banda de forajidos...

Los tres continuaron, extrañados al no ver un pájaro por los alrededores. Estuvieron de acuerdo:

—Cuando la abuela prepara un circo, lo hace a conciencia.

En el jardín del hospital, pidieron a Julieta que buscara un rastro hasta el restaurante. El animal trató de sacar partido:

—En realidad, tengo que confesar que soy…

—… Romeo. Sabía que lo dirías. Eres una pesada.

—De verdad, soy Romeo. Si quieres te enseño…

—¡No quiero que me enseñes nada! Quiero que busques el rastro de ese fulano y me lleves hasta el restaurante.

—Si no lo conozco… Solo sé lo que me ha hablado Julieta de él.

Erre reía y Álex se sentía desesperado. Parecía que él tenía que pensar por todo el mundo. No estaba para bromas y el gato volvió a la carga:

—Creo que puedo llevaros a donde cenasteis, pero si me prometes…

—¡Yo no negocio con tramposos!

—… que no nos vas a sacar de casa por lo menos en un mes.

—Vale, lo prometo.

El animal les llevó a la taberna. Allí estaba el camarero que dos noches atrás le acercó a casa en coche:

—¿Qué? ¿Otra vez sin transporte?

—No… He venido con mi hermana. Busco al señor Perrault.

—Ah, sí… Creo que está al fondo, en su mesa de siempre.

«¡Qué suerte!», se dijo Álex. No suponía que fuera a resultar tan fácil.

—¿Cree que podemos verle?

—No sé… Tendréis que esperar. Está hablando con unos cazadores.

Álex y Erre se miraron: «¿Cazadores…?».

El chico supuso que con los métodos de *investigación* que utilizaba ese tipo, esa charla podría convertirse en cualquier cosa. Por eso, decidió pasar hasta el fondo de la taberna. Erre le siguió con el gato en brazos.

Al fondo, Perrault hablaba con dos hombres mientras tomaba notas en su cuaderno. Aunque era de mala educación, Álex interrumpió:

—Buenos días. Queremos hablar con usted. Es muy importante.

—Espera, *garçon*. Estoy en algo urgente. Uno de mis lemas es «Lo primero es antes». Ah, sí, te recuerdo… Tú eres el huérfano, ¿no?

—No soy huérfano. De eso venía a hablarle…

—Seas huérfano o no, tendrás que esperar. Estoy con estos *messieurs*…

Erre no era tan paciente como Álex. Se acercó a la mesa gritando:

—Oiga, señor, usted publicó que mi abuela y yo habíamos muerto…

—Ah, lo siento. Te doy el pésame, *ma fille*. Pero esa es una noticia antigua. Ahora, como te decía, estoy con otro asunto. Estos señores…

—Pero, ¿qué pésame ni ocho cuartos? ¡Ya le digo que ni mi abuela ni yo hemos muerto! ¡Usted dio una noticia falsa!

—Ah, *petite*… Las noticias no son ni verdaderas ni falsas. Solo noticias.

—¡Es usted un mentiroso! Y un bribón, y un cretino y un, un…

—Bueno, niña, tranquila. En realidad, he acabado con estos *messieurs*, ¿verdad? Caso *fermé*. *Merci, merci*… Y ahora, chicos, contadme. Pero antes, ¿queréis comer? Es la hora. Yo pediré algo. Camarero: ¡una *soupe à la boullabaise*! ¿Y vosotros? Abriré un nuevo caso. Lo titularé «Resuelto el misterio de la niña desaparecida».

Durante esa frase, Perrault despidió a los dos hombres, hizo venir al camarero, le pidió la sopa, abrió la libreta, escribió unas palabras e invitó a sentarse a los chicos, que siguieron de pie.

—¡Usted publicó una noticia falsa a sabiendas!

—Ah sí, la noticia antigua... ¿Cómo te llamas, *garçonne?* Yo siempre digo: «Si quieres llegar al final, comienza por el principio».

Perrault seguía inclinado sobre su cuaderno, dispuesto a tomar notas, pero Erre alargó la mano y la puso sobre las hojas, momento que aprovechó el gato para soltarse y deslizarse hasta la mesa:

—¡Me llamo como me da la gana!

—Ah, *mon Dieu,* ¡qué genio!

Álex no estaba seguro de que la actitud de su hermana llevase a ningún sitio bueno y trató de ser conciliador:

—Ella es Erre. Usted publicó una noticia falsa y exigimos que rectifique. Como verá, ni ella ni mi abuela han muerto.

—Ah, amigo, ya veo que tu hermana no, pero tu abuela... a saber. Ah, aquí está la *soupe...* ¿De verdad no queréis comer algo?

Tampoco Erre estaba convencida de que Álex fuera a conseguir nada por ese camino, así que gritó:

—¡Es un tramposo! Queremos que diga que ni a la abuela ni a mí nos pasó nada y que ningún lobo tiene que ver con nuestra desaparición.

—Pero eso, *ma fille, c´est bien difficile...*

—¿Por qué?

—Ah, *ma chère amie,* habría muchas cosas que comprobar. Y, además, esa es ya una noticia vieja. Mi lema es…

—¡Le diré dónde puede ponerse sus lemas! Como no lo haga, gritaré que es un mentiroso. Iré a la policía, al ayuntamiento… ¡Me van a oír!

Perrault se ató la servilleta al cuello y pareció recapacitar:

—Bien, bien, *ma petite*… Lo haré… El viernes que viene.

—¿¡El viernes…!?

—¡Claro! En mi diario de los viernes. ¿No lees mi periódico? Verás…

Perrault se agachó y buscó algo en su cartera. Veloz como un rayo, Romeo echó un rápido pis en la sopa y saltó a los brazos de Erre.

La chica hizo lo posible por contener la risa y dijo sin tomar la hoja que Perrault le tendía:

—Conozco su periodicucho. No podemos esperar. Debe ser mañana.

—¿Mañana? Mañana es domingo.

—¡Razón de más para sacar un suplemento especial!

—Ah… *Peut-être, peut-être*… Un suplemento especial… Quizá sea una buena idea… O sea, que tú y tu abuela estáis sanas y salvas.

—¿No lo ve?

—¿Y el lobo no consiguió devoraros?

—Pero ¿cómo nos iba a devorar...?

—Bien, bien... En realidad, lo del suplemento es buena idea. Me pondré con ello, os lo prometo.

—¿Y dirá que el lobo no es un peligro para nadie?

—*Ma parole d'honneur!*

—Bueno, señor, estaremos al tanto... Pero no nos fiamos de usted.

—No os preocupéis. Prometo que trataré el asunto con atención y encargaré de ello a un equipo imparcial de *collaborateurs,* dos hermanos muy competentes, eficacia alemana. Marchad tranquilos... ¿No os importa que no os acompañe a la salida? *Ma soupe* se enfría...

—No nos importa nada. Que le aproveche, señor.

Cuando iban hacia la salida volvieron la mirada atrás. Perrault se llevaba una cuchara a la boca y ponía los ojos en blanco. Le oyeron:

—*Délicieuse, délicieuse...*

15

UNAS CANCIONES CAMPESTRES

Durante su regreso por el bosque, los hermanos no supieron de los cuervos, ni de gorriones, petirrojos, lechuzas, picamaderos, palomas o abubillas. Tampoco vieron una ardilla, un zorro o un conejo.

Tenían un hambre de cien demonios, así que se sentaron a la mesa nada más llegar. Los chicos contaron su entrevista con Perrault y sus padres no contaron nada, porque nada había que contar.

La madre estaba preocupada:

—No sé qué estará haciendo la abuela, pero tengo la impresión de que hasta que no la avisemos va a seguir dando su espectáculo.

Álex imaginó que le tocaría hacer de recadero, pero se tranquilizó cuando Erre se ofreció voluntaria. Su madre le advirtió:

—¡Pero no te enrolles con la abuela! Le dices que vuelva a casa y te vienes rápido. A ver si tenemos que ir otra vez a buscaros a las dos.

—Superclaro, mamá.

Álex memorizó la hora a la que salió su hermana: las cuatro y diez.

Eran las ocho y cuarto y el sol estaba a punto de ponerse cuando afuera se oyeron alazos y grajeos. Se trataba de los cuervos. Álex salió y escuchó los comentarios de los animales:

—Vaya día más divertido, chica. ¡Qué bien nos lo hemos pasado!

—Sí, crj... ¡Qué juerga!

—Espectáculos como ese hacían falta en el bosque todos los días, crj.

—Yo me conformaba con uno a la semana, crj.

—¡Claro! Y un cadáver cada semana, para zamparse unos ojos tiernos.

—Hablando de cadáveres... ¿Habrán cazado ya al lobo? Crj... Eh, chico, ¿el lobo sigue ahí dentro?

—Sí, sigue con nosotros. ¿Sabéis algo de Cuervo?

—¡Todos somos cuervos! Crj, crj, crj...

—Me refiero, ya sabéis, al más pesado de todos.

—¡Todos somos pesados, crj, crj! Pero el cuervo de quien hablas anda con tu hermana. Venían hacia acá… Crj. ¡Hala, amigos, tomad sitio!

—¿Otro espectáculo? Crj, no creo que sea tan bueno como el otro, ya verás. Aquí, con unos cuantos tiros se acaba rápido.

Eran las diez y Erre aún no había vuelto, pero por el camino cruzaron seis jeeps cargados de cazadores. No saludaron. Parecían disgustados.

Al fin, a las diez y media, llegaron Erre y la abuela, riendo y charlando de sus cosas. Álex y sus padres estaban enfadadísimos:

—¡Ya era hora! ¿Dónde estabais? No dais más que disgustos…

—Calma, calma, por favor… Venimos casi de trabajar. Hemos dejado la mula en el establo con Lobo. Todo está bien.

Las únicas que cenaron algo fueron Erre y la abuela. Esta contó, mientras comía, lo que consideraba su aventura del mes:

—Al decirme Álex lo del circo, se me ocurrió… Hacía tiempo que no salía con Carmela, así que le puse la silla de montar, me enfundé mi traje de domadora, cogí el trabuco de mi abuelo y me eché al monte.

Los padres estaban serios pero ella siguió contando divertidísima:

—Carmela parece vieja, pero ya, ya… A galope, cargamos contra los grupos de cazadores. Yo disparaba, ¡brumm!, y corrían dejando sus escopetas por el suelo. Estaban muertos de miedo, porque me había tapado con una capucha, y creían que era un bandido o algo así.

—Cuéntales lo del lago, abuela…

—Ah, sí… Cuando desarmé a los cazadores, los llevé al lago. Hice que se quitaran las botas y que se metieran en el agua y organicé un coro.

—¿Un coro? ¿En el agua?

—Sí, pero les llegaba solo por las rodillas. Les enseñé canciones que aprendí de joven: *Doradas montañas, El erizo cantor, Volaremos hacia las nubes,* cosas así. Al comienzo desafinaban, pero cuando apareció Erre ensayábamos la tercera voz… Si no es por ella, llegamos a la quinta.

—Un exitazo, abuela.

—Sí, hija, modestia aparte. Al comienzo solo estaban los cuervos y otros pájaros, pero luego vinieron muchos animales más. Creo que lo pasaron muy bien. Por lo menos, se rieron mucho al ver cómo se equivocaban los humanos. Y en ese rato nadie se comió a nadie. Habría que organizar más cosas así en el bosque.

Álex cayó en la cuenta de que los cuervos y la abuela opinaban igual. No supo interpretar si eso era una buena o una mala señal.

Tarde ya, la abuela quiso ir a casa y el padre se preparó para llevarla en la furgoneta. Ella dijo que iría en la bici de Erre, pero él insistió:

—Sí, claro, para que se rompa usted la crisma en medio de la noche... Bastantes preocupaciones nos da ya.

Al salir de casa les extrañó el silencio. No había rastro de los cuervos.

Álex, que pensaba mucho y rápido, pensó que esa no era una buena señal. Tuvo una intuición y preguntó a su hermana:

—Oye, ¿tú no habrás comentado a Cuervo que Lobo no estaba aquí?

—Hombre, dicho así...

—¿SE LO HAS CONTADO O NO?

—Hombre, no chilles. Lo de Lobo ya está arreglado.

—¿Cómo que está arreglado?

—Si mañana sale el periódico, sabrán que Lobo no ha sido y le dejarán en paz. Total, solo quedan unas horas. Mira qué tarde es...

—Erre... ¡Eres ridícula! Había que ver cómo salía la noticia, y luego esperar unos días a que se calmara todo... ¡Esta chica es la repanocha!

Los padres dieron la razón a Álex. Pero poco se podía hacer ya…

El chico acompañó a la abuela. Nada más llegar a las inmediaciones de la casa comprobó que los árboles próximos hervían de cuervos, ocultos en la oscuridad. No hacía falta ni verlos. Allí estaban, murmurando y disputándose los mejores puestos.

Debía hablar con Lobo.

Lobo recibió a Álex con ilusión. Creyó que iba a dormir con una mula, pero le acompañaría un chico. ¡Pocas veces se había sentido tan feliz! Él, que estaba habituado a dormir solo en el bosque…

Álex tendió su saco de dormir sobre un montón de heno fresco. En realidad, no sabía si estaba exagerando sus precauciones, pero la presencia de los cuervos no presagiaba nada bueno.

Los graznidos de esos pájaros de mal agüero eran tan molestos como los gruñidos de Lobo:

—Jamás un lobo doméstico imaginó tanta fortuna… Yo, en un establo tumbado, y tan bien acompañado, durmiendo al lado de humanos…

—Lobo, no puedo dormir…

—Ah, perdona chico, pero es que no quepo en mí de felicidad…

Menos mal que el animal se había repuesto de sus flatulencias…

16

Un bocado merecido

Álex aprendió mucho en el largo amanecer de aquel día. Antes de que el sol iluminara las montañas, sonaron los primeros «coc-cooc» en el gallinero, que en su lenguaje significaba «¿Qué hora es?».

Durante un buen rato, esas bolas de plumas se preguntaron unas a otras «qué hora es, qué hora es, qué hora es...». Era insoportable.

Cuando el sol ya alumbraba las ramas altas de los árboles, oyó que una de ellas (quizá, Alanegra) bajaba del palo y gritaba a los cuatro vientos: «coc-oro-coooc», que significaba: «¡Es hora de levantarse!».

También aprendió que el «groj-grooj» de los cuervos significaba: «¿Qué ha pasado?». De rama en rama, el parloteo de aquellos pájaros se extendía preguntando qué ha pasado, qué ha pasado, qué ha pasado...

Hasta que alguien más despierto que los demás (tal vez, Cuervo), graznaba algo así como «groej-ggrooj». O sea, «no ha pasado nada».

Tendido en el saco de dormir, las manos bajo la nuca, Álex pensaba en esas cosas y en otras. En que los humanos utilizaban despertadores para levantarse. O que compraban periódicos a primera hora de la mañana para saber qué había ocurrido en el mundo.

A los cuervos lo que les interesaba es que pasase algo, aunque no fuera bueno. Por eso, a los que daban las noticias les importaba un bledo que fueran ciertas o no. El caso es que fueran noticia, como dijo el señor Perrault.

Tras desayunar con la abuela, Álex esperó impaciente la furgoneta de su padre, que habría ido temprano al pueblo a comprar el periódico.

El periódico llegó. Nada más observar el rostro de sus padres, supo que algo les preocupaba.

La abuela salió al porche y Álex leyó en voz alta...

La Verdad por Delante

⊱ EL DIARIO DE LOS VIERNES ⊰

N°0780 · EJEMPLAR GRATUITO

ESPECIAL

Director, redactor, investigador, ilustrador, maquetador y entrevistador:

Charles Perrault

Colaboradores:

Jakob y Wilhelm Grimm

Rescatadas con vida la niña y la abuela desaparecidas

Un leñador da muerte a un lobo y rescata heroicamente a las dos mujeres.

El terrible suceso del que informábamos en nuestro periódico el pasado viernes tuvo ayer un feliz desenlace, del que nos complace informar a nuestros lectores en esta edición especial.

Como recordarán, un gigantesco lobo devoró a una abuela y a su tierna nietecita en la casa de aquella. Inmediatamente, distintas partidas de heroicos cazadores se desplazaron al bosque para dar muerte a la fiera, que había tenido tiempo de atacar varios rebaños de ovejas en localidades cercanas.

Sin embargo, no fueron estos los que cazaron al lobo, sino un leñador que pasaba por los alrededores. Este héroe, que próximamente será condecorado por nuestro Ayuntamiento, siguió las manchas de sangre que se internaban en el bosque. Junto al lago, a la sombra de unos sauces, encontró roncando a la fiera, que descansaba después de aquel sanguinario atracón.

Sigiloso, el atrevido leñador sacó de su mochila unas tijeras y cortó el abultado vientre del lobo. Cuál no sería su sorpresa cuando las mujeres aparecieron sanas, salvas y, naturalmente, vivas. ¡El gigantesco animal las había devorado de un bocado!

El ingenioso leñador tuvo la sangre fría de rellenar el estómago del lobo con varias piedras que encontró por los alrededores y coser con cuidado su vientre.

Desde la orilla, el hombre y las dos mujeres vieron cómo, a los pocos minutos, el lobo despertó y se acercó al borde del lago a beber agua. Lastrado por las piedras, el lobo se ahogó mientras sus terribles rugidos llamaban la atención de animales y personas que había por los alrededores.

A pesar de esta buena noticia, hacemos saber a nuestros lectores que el peligro aún no ha desaparecido.

Varios testigos bien informados han comunicado que puede haber otros lobos por nuestras tierras, ya que estos animales suelen viajar en manadas.

Un día de acción de gracias

Los cazadores que participaron en las diferentes batidas que se dieron ayer contra los lobos realizaron un emotivo acto de acción de gracias en el lugar en que murió ahogada la bestia.

Dirigidos por un prestigioso músico cuyo nombre ha preferido dejar en el anonimato, los cazadores entonaron varios cánticos religiosos:

Sálvanos, Señor, de los males de esta vida *Que nuestros enemigos ardan en el infierno* y *Que el cielo nos libre de los lobos y sus semejantes*, entre otros.

Al término de este emotivo acto, uno de los cazadores despellejó al lobo, a cuya piel había puesto precio un afamado prócer local. Los beneficios, aseguró el cazador, serán donados a una ONG que trabaja para evitar el sufrimiento animal.

Los animales fueron poco a poco congregándose a su alrededor.

Argos se sentó a los pies de la mecedora de la abuela.

Alanegra se acercó al grupo y avisó con sus alas a sus congéneres.

La cabra apareció al poco tiempo, seguida de sus hijas.

El último en llegar fue Lobo, cuando la lectura iba por la mitad. Carmela, que era sorda pero no tonta, percibió que algo grave pasaba, y se acercó también.

En medio de ese batiburrillo, nadie percibió que Cuervo estaba posado en una jardinera, escuchando con atención.

El chico no podía creer lo que estaba leyendo. Tampoco los animales, aunque habían oído hablar de las rarezas de los humanos.

Cuando acabó de leer, los presentes fueron dando su opinión:

—¡Pero si Lobo está aquí con nosotros y es incapaz de comerse a nadie! —ladró con energía Argos.

—Pero ¿cómo es posible que alguien se crea que un lobo se come a la abuela de un bocado? —dijo Alanegra.

—Esos señores son unos sinvergüenzas —dijo la abuela—. Mira que decir esas barbaridades de Lobo y cambiar el título de mis canciones...

—Fui una ingenua al pensar que ese miserable de Perrault iba a resolver el problema —gimió Erre.

—No les importa inventarse noticias; serán capaces de encontrar a un pobre leñador que diga que la historia es cierta —comentó la madre.

—Lo peor es que entre Perrault y esos Grimm van a echar mala fama sobre todos los lobos del mundo —reflexionó el padre.

—Mala cosa eso de las noticias humanas...

—... que inventan cuentos a partir de medias verdades.

—Pero ¿ese lobo del que se habla se supone que soy yo?

Todos miraron con pena a Lobo, incluso los que no entendieron sus tristes gañidos. Ahora, pensaron todos, no le dejarían en paz.

Cualquiera se sentiría con derecho a darle caza.

Tendría que irse muy, muy lejos de esas tierras.

Y se le veía tan desvalido... A él, que había soñado con ser un lobo doméstico y vivir en la sociedad de los humanos...

Argos estaba indignado. Dio varios aullidos:

—¡Hay que dar una lección a Perrault y a los Grimm! No pueden escribir sus historias a costa de la mala fama de algunos animales. Les enseñaré mis colmillos, les morderé los tobillos, les...

—Tranquilo, Argos. Ya hemos hablado con ese canalla y cualquier cosa que hagamos será peor. Ese tipejo es un engreído y solo le importa ser famoso, que se hable de él y vender sus cochinas noticias.

—Pero hoy son los lobos. Mañana seremos los perros, luego los gatos, después los ratones...

La madre propuso una solución:

—Debemos sacar a Lobo de aquí. No tardarán en encontrarlo y los cazadores estarán rabiosos y deseando demostrar su valor. Vuestro padre y yo hemos hablado de que podríamos meter a Lobo en la furgoneta y dejarlo lejos, donde los cazadores no puedan dar con él.

Las gallinas y las cabras aplaudieron la propuesta al unísono:

—Bien, bien... Es una buena idea...

Pero Argos continuó con sus ladridos:

—¡Eso no sirve! Otros cazadores lo perseguirán y le pegarán un tiro. Las noticias vuelan rápido, sobre todo las malas.

—Y entonces, ¿qué propones?

—Yo iré con él. Y como a alguien se le ocurra ponerle un dedo encima se va a encontrar conmigo y con los fantasmas de mis antepasados, que también eran pastores normandos.

Tras escuchar la traducción de Erre, Lobo se puso a gemir:

—¡Ay, mi primo, el *Canis familiaris*...! ¡Cuánta generosidad la tuya! Pero debo ir solo, afrontando mi destino.

—¡De eso nada! Te acompañaré, vayas donde vayas. Además, es posible que con el tiempo podamos entendernos tú y yo.

Las gallinas cacarearon, las cabras balaron, los gatos maullaron, los humanos sintieron un escalofrío...

Hasta Carmela coceó el suelo, al percibir que algo especial estaba pasando en esa reunión.

Lobo se acercó a Argos y frotó su cuello con el del perro. Aquello parecía una reunión un poco empalagosa, pensó Erre.

En ese momento, el único convidado que no se había atrevido a intervenir grajeó llamando la atención de los presentes:

—Crj, crj...

—¿Qué quieres, Cuervo?

—Es que estaba yo preguntándome, crj..., qué camino tomarán Argos y Lobo cuando se vayan de aquí... No lo digo por los cazadores, crj, porque nosotros no vamos a decirles nada, pero nos gustaría saber...

A medida que Erre traducía, Argos levantó la cabeza y miró al cuervo con ojos brillantes. En un segundo saltó hacia él. A Cuervo apenas le dio tiempo a levantar sus patas de la jardinera en que estaba posado.

¡Con un terrible ladrido, la enorme boca de Argos se cerró sobre él!

Todos miraron consternados la escena, incluso los cuervos de las ramas próximas, incapaces de emitir un mísero graznido. Por las fauces del perro se veían algunas plumas de Cuervo y todos temían que de un momento a otro Argos se lo tragase de un bocado.

Álex se levantó:

—¡No! ¡No lo hagas, Argos! ¡No te lo tragues...!

Álex tomó las mandíbulas del perro y trató de abrirlas, pero los poderosos músculos de sus fauces parecían cerrarse más y más.

—¡No te lo tragues, por favor! Aunque sea un cotilla...

Hubo unos segundos de tensa espera. Nadie se atrevía a decir nada…

Argos abrió la boca y Cuervo salió, cojeando, lleno de saliva y con las plumas desbaratadas. Estaba tan aterrorizado que solo acertó a decir:

—Crj… crj… cjracias…

El perro le propinó una patada, con la que el animal encontró impulso para iniciar un vuelo aturdido. Tras él volaron sus congéneres.

UNA DESPEDIDA
CON MORALEJA

Las despedidas no fueron demasiado largas porque, en ocasiones, las despedidas largas son las más dolorosas.

Quien más se entretuvo fue la abuela. Cuando Lobo y Argos ya enfilaban un estrecho sendero en dirección a la espesura del bosque, corrió hacia su fiel perro y se abrazó a su cuello.

Aunque no se entendían con palabras ni con aullidos, comprendieron perfectamente lo que cada uno quería decir.

Todos les despidieron efusivamente, cada cual a su manera.

Y, luego, ya no los volvieron a ver.

MORALEJA

Si caminando por el bosque te encuentras
con un lobo flacucho,
acompañado por un perro de aspecto bonachón,
no te metas con el lobo.
Es un consejo.

ÍNDICE

ÚLTIMOS TÍTULOS PUBLICADOS

SERIE VERDE

Gente rara

Ricardo Gómez

Ilustraciones
Tesa González

ALA DELTA, SERIE VERDE N°20. 176 PÁGS.

En la clase de Patricia,
todos son un poco raros,
incluida Mis Robles,
la profesora.
Sin embargo,
los días transcurren
con normalidad
hasta que aparece La Escoba:
un nuevo profesor cargado
de "buenas intenciones"
que va a convertirse
en la pesadilla de Patricia
y sus amigos.